西村京太郎

Kyotaro Nishimura

夜の狙撃

目次

夜の狙撃

夜の狙撃

1

私は、かなり酔っていた。が、意識の方は、はっきりしていた。酔っ払いという奴は、だいたいそんなものだ。

店の名前が、「朱美」だったことも憶えているし、二千円摑ませて、誘い出した女が、「京子」という名前だったことも憶えている。

ちょっと、B・B《ブリジット・バルドー》に似た、腰の大きな女だった。唇を薄く開けて笑うと、余計B・B《べべ》に似て見えた。だから、誘う気になったのだ。二枚の千円札を、開いたドレスの胸に押し込むと、万事心得たという顔付で、女は、にやッと笑って見せた。

錦糸町の近くにある小さなバーだった。先に、路地に出て待っていると、真っ赤なドレスに着換えた女が、路地に出来た水溜りを、ぴょんと、飛び越えて、私の傍に来た。

「この近くに、感じのいいホテルがあるのよ」

と、女がいった。私は苦笑した。同じ言葉を何度、聞いたろう。感じのいいホテルというのが、天井に雨もりの染みがついた、安っぽい連れ込み旅館と、相場は決っている。しかし、酔っていれば、そんなことは、たいして気にならないものだ。それに、あの時に、天井を眺めるのは、女と相場が決っている。

女が、私の腕を取った。私は、泥酔を装って、女の身体にもたれかかった。女の身体が揺れて、私の頭から、帽子が地面に落ちた。

「しょうがないわねえ」

女は、かがみ込んで、帽子を拾い上げると、自分の頭に載せた。

「しょうがない。しょうがないかア――」

「あんまり大きな声を、出さないでよ」

「出すな出すなと、おっしゃいますが、地声かくすにゃ、骨折れる」

「何よ、それ？」

女が、小さな声で笑った。

すれ違った若い男が、野卑な言葉をかけて行った。

十二時頃だったろうか。とにかく、十一時を過ぎていたことは、確かだった。先刻まで、小雨が降っていたせいだろうか、五月の末にしては、寒い夜だった。

私達は、大通りへ出た。都電の音は、既に消えてしまっていた。

女は、私を抱えたまま、手を上げて、タクシーを止めようとしていた。車は少なかったし、たまたま通りかかったタクシーにも、客が乗っていて、中々、摑まりそうもない。

私は、相変らず、女に寄りかかるようにして、柔らかい女体の感触を楽しんでいた。

何台目かの車が、そのまま通り過ぎて、女が、舌打ちをした時である。鋭い破裂音が、私の背後に起きた。

女の身体が、がくっと揺れ、そのまま、雨に濡れた舗道に崩れ折れた。寄りかかっていた私は、いきなり支えを外されて、したたか、舗道に叩きつけられてしまった。

「おいッ」

と、私は、地面に手を突いて起き上りながら、怒鳴った。

「変な悪戯《いたずら》はするなよ」

私は、てっきり、女が、私を転ばそうとして、肩すかしを喰わせたと、思ったのである。

「起きろよ」

と、私は、いった。しかし、女の身体は、動かなかった。

「今度は、そっちが酔っ払っちまったのか？」

私はぶつぶついいながら、女の肩に手をかけて抱き起こした。何か、冷たい、ぬめぬめしたものが、私の手に触れた。舗道に溜った雨水と思い、手を、街燈の光にすかして見た。

雨水ではなかった。私の手を染めていたのは、まぎれもなく真っ赤な血であった。

2

恐怖は、パトカーが駈けつけて来る頃になって、ゆっくりと私を襲い始めた。女の死が、私にとって、あまりにも突然であり、非現実的に見えたからに違いない。

私は、参考人として、警察に連れて行かれた。後で知ったことだが、私は、単なる参考人ではなくて、「重要参考人」だったのである。警察は、最初、私が女を殺したと、疑ったらしい。女が死んだ時、傍には私しかいなかったのだから、疑われても仕方がなかったが。

刑事の口ぶりにも、私に対する疑惑が、露骨に現われていた。硝煙検査というやつも、やられた。その結果、私の掌からは、ピストルを撃った痕跡は発見されなかった。私の立場が、「重要参考人」から、単なる参考人になったのは、それからである。

「私は、今度の事件には無関係ですよ」

と、私は、いった。

「だから、早く帰して貰えませんか」

「お気の毒ですが、もう少し、我々に、つき合って下さい」

と、刑事は、いった。

「貴方以外に目撃者がいないんですから」

「私は、何も見ませんよ。酔っていたし、あの辺りは暗いですからね。それに、背中に眼がないんだから、犯人だって見てませんよ」

「しかし、ピストルの音は、聞かれたんでしょう？」

「ええ。まあ。しかし、後になって、あれがピストルの音だったんだなと考えたんで、その時には、判りませんでしたよ」

「被害者は、何かいいませんでしたか？ 死ぬ時に？」

「いや、何も。殆ど即死だったんじゃありませんか？」

「貴方は被害者と、何処《どこ》へ行くつもりだったんですか？」

「そんなことにも、答えなきゃ、いけないんですか？」

私は、いささか狼狽もしたし、憤然ともした。私には、来年の春に結婚する恋人がいる。彼女に、浮気がバレるのは困るし新聞に書かれるのは真っ平だった。

「答えて頂きたいですね」

刑事は、素気《そっけ》なくいった。

「ただ、店の外まで送って貰っただけですよ」

私も、突《つ》っ慳貪《けんどん》に、いった。売り言葉に買い言葉というやつだ。

「店の外に送り出すのに、服を着換えて、ハンドバッグまで持って出るんですか？」

「彼女も、私をタクシーに乗せてから、帰るつもりだったんじゃありませんか」

「被害者とは、何の約束もしていなかったというわけですか？」

「ありませんよ」

「被害者との関係は？」

「そんなものは、ありませんよ。単なるバーのホステスと、客の関係です。あの店に行ったのも、今日が初めてです。いや、もう、昨日になったかな」

調べ室の窓に、朝の光が射し始めているのを見て、私は首をすくませた。とんだ朝帰りになりそうである。

「つまり、貴方は、被害者については、何も知らないというわけですか？」

「その通りですよ。何にも知りません。だから、いい加減で帰して下さい。会社がありますからね」

「まあ、いいでしょう」

刑事は、不承不承のように、小さく頷いて見せた。

3

その日の夕刊に、でかでかと出ていた。

〈バーのホステス射殺さる〉

という見出しである。幸い、私の名前は出ていなかった。「客の一人を、送りに出たところを背後から――」とあって、客の名前は伏せてある。

私は、ほっとした。会社では、妙なことが昇進に響くことがある。私には、それも、怖かった。

これで、あの妙な事件に、関係しなくて済むと思った。

ところが、帽子の失くなっていることに気付いて、私は、あわててしまった。あの帽子には、私のネームが入っているのである。

（何処で、失くしたのだろうか？）

考えたが、すぐには、思い出せない。事件のあった日、あの「朱美」というバーには、かぶって行った筈である。あの店にあるのだろうか？

私は、仕方なしに、また、「朱美」へ出かけて行った。店は、何事もなかったように、繁盛していた。私は、刑事や新聞記者に、ぶつかるのは真っ平だと思いながら、恐る恐る、店の中を覗き込んだのだが、どうやら、どちらもいないようだった。しかし、私の顔を憶えていたマダムに、すぐ摑まってしまった。

「あの時は、大変でしたわねえ」

と、マダムは、同情とも揶揄《からかい》ともつかぬいい方をした。どうやら、私が、死んだ女をホテルに誘ったことを、知っているようだった。

「馬鹿な話さ」

と、私はいった。確かに馬鹿な話だった。女を抱くつもりで渡した二千円はふいになるし、何時間も、刑事につき合わされたのだから、

「犯人は、捕まったのかい？」

「まだよ」

「警察も、モタモタしてるんだナ」

「いくら調べても、あの子が殺されなきゃならない理由が出て来ないらしいわ」

「恋の恨みってやつじゃないのか？」

私は、あてずっぽうに、いった。

「中々のグラマーで、男を迷わす素質十分の娘《こ》に見えたからね」

「男好きのする娘だったことは確かだけど、何でも金銭で割り切る方でね、特別に親しい男って、いなかったようよ」

「痴情じゃないとすると、何があるかね。まさか、あの娘《こ》が、麻薬に関係していたなんていうんじゃあるまいね？」

「とんでもない」

マダムは、大袈裟に、手を横に振って見せた。

「そんな娘じゃありませんよ。警察の調べでも、そんな線は、これっぽっちも出て来なかったそうですからね」

マダムは、言葉をついで、この店は、そんないかがわしい店ではないことを強調した。いかがわしいというのが、どういう意味なのか、私には、よく判らなかったが、そんなことは、どうでも良いことだった。

「僕の帽子が、ある筈なんだが」

と、私は、マダムに、いった。

「あの日に、ごたごたしたもんだから、忘れていっちまって」

「帽子ですか？」

マダムは、首をかしげた。

「うちには、ありませんよ」

「訝《おか》しいな。確か、あの日、かぶって来た筈なんだが」

「それなら、かぶってお帰りになったんじゃありません」

「そうだったかな」

私は、判らなくなった。上手《うま》く思い出せないのだ。かぶって出たような気もして来た。もし、そうなら、ごたごたした時、落ちたのだろう。

「警察が保管しているかも知れませんよ」

と、マダムがいった。

「現場に落ちていたものは、何もかも、持って行っちまいましたからねえ」

4

何の因果か、帽子を失くしたおかげで、私は、また、警察の門をくぐる破目になった。

「ホステス射殺事件捜査本部」と、貼紙がしてある部屋に通されると、この間の刑事が、私を迎えてくれた。固い表情をしているところを見ると、捜査は上手く行っていないらしい。

「犯人は、捕まりそうですか？」

私は、多少の皮肉を籠めて、訊いてみた。案の定、刑事は渋い顔になった。

「貴方は、我々に、何か隠していることは、ありませんか？」

刑事は、答える代りに、訊き返して来た。

「ありませんよ」

私は、出来るだけ不愛想にいった。捜査が進展しないのを、私のせいにされたんでは、かなわないと思ったからである。

「それよりも、帽子があったら、返して下さい」

「ああ、帽子ね」

刑事は、立ち上ると、棚の上から、私の帽子を取って寄越した。ここに、あったのなら、最初の時に返してくれればいいのにと、私は、また、腹が立った。

私は、向っ腹を立てたまま、アパートへ帰った。ところが、嫌なことは続くもので、アパートにも、私を憤然とさせることが起きていたのである。

私の部屋は、二階の隅にある。ポケットから鍵を取り出して、鍵穴に差しこもうとすると、既に開いているのである。私が、合鍵を渡しているのは、来年結婚する予定の吉村アサ子だけである。

彼女が来ているのだろうかと思ったが、それにしては、部屋の中に、明りが点いていない。

私は、ドアを開けてから、スイッチを入れた。

私は、唖然とした。

部屋の中が、メチャメチャになっているのである。私は、男にしては、綺麗好きの方で、一年を万年床で過ごすなどという真似はしない。机も書棚も、整理する方である。それが、引っ掻き廻されているのである。押入れも開けっ放しになっているし、机の引出しも、引っぱり出して、畳の上に、ぶちまけてある。

(空巣《あきす》――)

と、思った。

私は、あわてて、百科辞典の三六五頁《ページ》にはさんで置いた貯金通帳を探した。幸い、盗まれていなかった。もっとも、印鑑は、常に携行しているので、通帳だけ盗んでも、簡単には、下せないのだが。

私は、すぐ、下の管理人に、警察へ電話するように頼んだ。

近くの交番から、若い巡査が来てくれたのは、二十分ぐらい経ってからだった。

巡査は、仔細らしく調べてから、犯人は、非常階段から侵入したらしいといい、錠は、ドライバーで、こじあけたのだといった。

「盗まれた物は、判りますか?」

と、最後に、巡査が訊いた。私が、まだ判らないというと、判ったら書いて出して欲しいといって、巡査は帰って行った。

翌日は、日曜日だった。私が、盗まれた物を調べていると、ドアをノックする者がある。私が、開けると、ホステス射殺事件を担当している刑事が、立っていた。

「空巣が入ったそうですね？」

と、刑事は、いった。

「盗まれた物は？」

「今、調べてるところです。しかし、ホステスが殺されたのと、空巣と、どんな関係があるんです？」

「あるかも知れないと思って、こうして、お訪ねしたのです」

刑事は、相変らず、難しい顔で、いった。

5

「正直にいって、捜査は行き詰っています」

刑事は、私のすすめた座蒲団に坐ってから、そんなことを、いった。私は、驚いた。捜査の難航を口にする相手の真意が、摑みかねたからである。普通、そうしたことは、隠すものではないのか。


「だから、此処《ここ》へ伺ったのです」

と、刑事は、いう。

「だから——？」

私は、訊き返した。

「意味が判りませんが」

「殺された外崎京子の身辺を洗ってみたが、彼女が殺されなければならない理由が、どうしても浮んで来ないのです。彼女が死んで得をする人間は、誰もいない」

「そんなことと、私と、どんな関係があるんですか？　まさか私に知恵を貸せというわけじゃないでしょう。私は、探偵ごっこなんてやつは苦手ですからね」

「我々は、捜査方法を変えてみたのです」

「それで——？」

「現場《げんじょう》は、かなり薄暗いところです。それに犯人が狙撃したと思われる場所からは、貴方と外崎京子は、逆光で、影絵になって見えた筈なのです」

「どういうことなんです？　それは――」

「つまり、犯人が殺そうとしたのは、外崎京子ではなく、貴方ではなかったかということです。それを、間違えて、女を殺してしまったのではないかと、我々は考えてみたわけです」

「そんな馬鹿な――」

と、私は、笑った。

「男と女と、いくら暗かったからって、間違えるなんてことが――」

「いや、間違えたかも知れない。外崎京子は女にしては大柄だし、貴方は、失礼だが男としては小柄の方だ。それに、貴方は酔っていたというから、被害者に、もたれかかるようにして歩いていたかも知れない。とすれば、犯人が間違えたということも、考えられなくはないと思うのですよ」

「しかしですよ――」

と、私はいった。

「確かに、彼女は大柄だった。ひょっとすると、私より大きかったかも知れない。しかし頭の恰好が違いますよ。彼女は、髪を長くしていたし、私の方は、中折帽をかぶっていたんだから――」

私は、言葉の途中で、息を呑んだ。あの夜の光景を、はっきり思い出したからである。

「どうしたんです？」

と、刑事が、私の顔を覗き込んだ。

「あの時、私は帽子をかぶっていなかった。彼女が私の帽子を頭に載せていたんだ――」

「何故《なぜ》、それを――」

と、刑事は、怒ったような声でいった。

「何故、早くいってくれなかったんです？」

「忘れていたんですよ」

「これで、狙われたのが、貴方だったという可能性が倍加しましたよ。部屋を荒したのも単なる空巣じゃない。恐らく、外崎京子を射殺した人間の仕業ですよ」

「しかし、私には、誰かに恨みを受けるという心当りが、ありませんが」

「本当に、心当りはないんですか？」

「ありませんね」

「しかし、恨みだけで、人間は相手を殺すとは限りません。利害関係でも狙いますよ」

「私を殺したって、得をする人間がいるとも思えませんがねえ。別に財産があるわけじゃないし、私が、誰かの秘密を握っているわけでもないし——」

「結婚は？」

「来年、吉村アサ子という娘と結婚することになっています」

「そのことで、誰かに恨まれるということは？」

「考えられません。私と彼女は、誰からも祝福されている筈です」

「すると、何の心当りもないということですか？」

「残念ですが、ありませんね」

と、私はいった。

刑事は、残念そうに、部屋の中を見廻していたが、気が付いたことがあったら、すぐ捜査本部に連絡して欲しいと、いい残して帰って行った。

私は、一人になると、「馬鹿馬鹿しい」と思った。自分が誰かに狙われているなどとは、どうしても考えられなかったからである。私は、別に聖人君子ではないが、他人に、ひどい迷惑をかけた覚えもない。しかし、流石《さすが》に、いい気持ではなかった。

私は、嫌な気持をふり払いたくなった。それには、酒を飲むか、吉村アサ子に会うかする以外にない。私は後者を選んだ。

私は、彼女に電話した。彼女は、すぐ電話口に出た。が、様子が少し変だった。

「私の方から電話しようと思ったのよ」

と、アサ子は、急《せ》き込んだ調子でいった。

「昨日、姉のところに泊って、今、アパートに戻って来たんだけど、部屋の中が、メチャメチャに荒されてるの。空巣が入ったらしいのよ」

「空巣―?」

私は、受話器を握ったまま、呆然となった。

6

私は、郊外にあるアサ子のアパートに駈けつけた。

部屋の中は、電話のとおり、無残に、引っかき廻されていた。

「警察には?」

と、私は、アサ子に訊いた。彼女は気の強い方だが、流石に青い顔になっている。

「知らせたわ。でも、ちょっと調べただけで、すぐ帰ったわ。空巣みたいな犯罪は、あまり興味がないみたい」

「それで、盗られたものは?」

「はっきりは判らないんだけど、何にも盗られていないような気がするのよ。箪笥の引出しに、現金で二万円ばかり入っていたんだけど、それも盗まれていないから」

「気が付かなかったんだろう」

「違うと思うわ。引出しは、半分ぐらいに開いていたんだから。見たけど、盗んでいかなかったんだと思うの。妙な泥棒だと思うんだけど」

「妙だね」

私は、腕を組んだ。

私は、刑事の言葉を思い出していた。あの刑事なら、私とアサ子が、偶然、同じように空巣に入られたとは、思わないだろう。私も、偶然の一致とは、思えなくなってきた。間違いなく同じ人間の仕業だ。しかも、犯人は、私の命を狙ったかも知れないのである。

私は、ふと、背筋に冷たいものが走るのを感じた。

犯人は、私だけでなく、アサ子の命を狙う可能性もあるのだ。

「警察に電話してみよう」

と、私は、いった。

「警察?」

アサ子は、びっくりしたように、大きな眼になった。

「もう一度来て貰ったって、あの調子じゃ、力になって貰えそうもないわ。第一、来てくれるかどうか」

「いや、喜んで飛んで来てくれる刑事が、いるんだ」

私は、怪訝《けげん》そうなアサ子を部屋に残して、管理人室に、電話を借りに行った。

案の定、刑事は、駈けつけて来た。

「間違いなく、同一犯人の仕業です」

と、刑事は、私と、アサ子に向って、強い声で、いった。

アサ子は、刑事の話を聞いて、顔色を変えた。それが、当然かも知れない。単なる空巣と思っていたのが、命を狙われているかも知れないという話に発展したのだから。

「でも、私にも心当りはありませんわ」

と、アサ子は、刑事に向って、いった。

「私が死んで得をする人なんて、考えられませんわ」

「同じことを、こちらさんからも、聞きましたがね」

と、刑事は、私の顔を見やった。

「しかし、何かなければならない。それでなければ、狙われる筈がありませんからね」

「――――」

私と、アサ子は、黙って顔を見合せた。何かある筈だといわれても、私には、何も考えつかないのだ。アサ子にしても、同じらしい。

「考えてみることです」

と、刑事はいった。

「東京のように、人間が、ごちゃごちゃしているところに住んでいると、知らず知らずの間に、他人を傷つけている場合があるものです。極端な場合をいえば、橋の上から何気なく投げた石が、丁度下を通っていた舟の乗客に当って、怪我をした。その怪我が原因で死んだりする場合も考えられます」

「しかし、そんな場合なら、死んだ者の身内が警察に訴える筈ですよ」

「普通の人間なら、そうするでしょう。しかし、警察に訴えても過失致死にしかならない。そんなことでは手ぬるいと考える人間も、世の中にはいるかも知れません」

「しかし――」

「今の話は、例えばのことです。今度の場合は、もっと違っている筈です。犯人は、お二人の部屋を探し廻っていますからね。しかも金銭を盗むのが目的ではない。恐らく、犯人は、貴方がたに、何か不利になるような証拠を握られているに違いない。だから、犯人は、貴方がたを消すか、その証拠を盗み出すか、どちらかを選ばなければならなかった。そんなことじゃないかと思うのですがね」

「しかし、それにしても心当りはありませんよ」

「何かの事件の証人になったことは、ありませんか?」

「いや」

と、私は首を横に振った。アサ子も、否定して見せた。

「犯人が、何を盗もうとしたか、それが判れば、いいんだが」

刑事は、ひとり言のようにいって、部屋の中を見廻した。

「何か盗まれた物はありませんか?」

「それが、何にも盗まれていないような気がするんです」

と、アサ子は、いった。私の場合も、盗まれた物の心当りはなかった。

「恐らく、犯人は、貴方がたの部屋から、目的の物を探し出せなかったに違いない。そうなると、また、貴方がたを消そうと考えるかも知れない」

「脅かさないで下さいよ」

私は、首をすくめたが、刑事が、冗談で、いっているのではないと、判っていた。彼は、本気で、私とアサ子が狙われると考えているのだ。

「怖いわ」

と、アサ子が、青い顔で、私を見た。私も怖い。しかも、犯人が、何のために、私達を狙うのか判らないだけに、一層、気味が悪かった。

7

刑事は、電話で鑑識を呼んだ。念のために、指紋を調べさせるというのだが、私は、恐らく無駄だろうと思った。犯人が、指紋を残して行くとは思えなかったからである。

十分ばかりして、鑑識の車が到着した。しかし、私が思った通り、私とアサ子以外の指紋は、出て来なかった。犯人は、用心深く手袋をはめて、仕事をしたのだ。

刑事は、別に、落胆した表情は見せなかった。彼もまた、恐らく指紋は出ないと、予期していたに違いない。

「もう一度、考え直してみようじゃありませんか」

鑑識の人達が帰ってしまってから、刑事がいった。

「犯人は、貴方を射殺しようとした。つまり犯人は、貴方が生きていては困るのだ。このことは、貴方が、というより貴方がた二人が、犯人の致命傷になるような証拠を握っているということを意味している」

「しかし、私も彼女も、心当りがないんですがね。殺人の現場を目撃したなんて記憶もないし、誰かが、何かを盗もうとしているのを見たこともありません。第一、そんな場面を目撃していたら、すぐ警察に届けていますよ」

「私も同じですわ」

と、アサ子もいった。

刑事は、頷きながら、聞いていたが、

「単に、何かを目撃したというようなことではないと思います」

と、いった。

「それなら、貴方がたの部屋を探し廻る必要はない筈ですからね。貴方がたは、何か、形のある証拠を持っている筈です。だから、犯人は探した」

「形のある証拠？」

「最近、貴方がたは、何か、拾い物をしたというようなことはありませんか？　毀れたライターでも構わない。放火の疑いのある火事場で、犯人のイニシャルの入ったライターが、落ちていたとすれば、放火犯人にとっては致命傷になりますからね」

「残念ながら、最近、何かを拾ったという記憶はありませんよ」

「私もですわ」

と、アサ子も、頷いた。

「とすると、何があるのだろうか？」

刑事は、難しい顔で、考え込んでいたが、

「写真かも知れない」

と、いった。

「写真は、お好きですか？」

刑事は、私とアサ子の顔を見比べるようにして、訊いた。

「ええ、まあ」

と、私はいった。

「私がカメラを持っていますから、時々、写すことがあります」

「写真は、盗まれていませんでしたか？」

「私の場合は、一枚も、失くなっていないと思いますが」

と、私はいい、アサ子を見やった。アサ子は、調べてみますといって、戸棚から、二冊のアルバムを持ち出して来た。

「写真は全部、これに貼りつけてあるんです」

と、彼女は、刑事にいった。

刑事が、アルバムを丁寧にめくっていった。私と、アサ子が、横から覗き込む。

一枚も、引き剝がされた写真は、なかった。アサ子も、「失くなった写真は、ないようですわ」と、刑事に、いった。

「写真は、これだけですか？」

刑事は、アルバムを置いてから、アサ子に訊いた。彼女は、「ええ」と、答えたが、その後で、

「あの写真は？」

と、私を見た。

「あの——？」

「この間の日曜日に撮った写真よ。まだ、見せて貰っていないわ」

「ああ」

と、私は頷いた。

「DP屋に現像を頼んで、そのままになっているんだ」

「まだ、現像してないフイルムが、あるんですか？」

刑事が、私達の話に割り込んで来た。

「ええ」

と、私はいった。

「この間の日曜日に、二人でハイキングに出掛けた時、写したものです。しかし、命を狙われるようなものを写した憶えはありませんよ」

「とにかく、その写真を見せて貰えませんか」

刑事は、熱心にいった。私は、ポケットを探って、DP屋の受取り証を取り出した。私のアパートの近くにあるDP屋である。

「私が、貰って来ましょう」

と、刑事がいった。

「その方が安全だ。犯人は、まだ貴方がたを狙っているに違いありませんからね」

8

刑事が戻ってくるまでの間、私とアサ子は、暗い不安の中で過ごした。何よりも、彼女が、すっかり怯えてしまっていた。

正直にいって、私も怖かった。相手が誰なのか、何のために、私達を狙うのか、それが判らないだけに、恐怖が倍加されてくるのである。

相手が誰と判っていれば、防禦の方法も考えつく。しかし、判らないのでは、どうしてよいかも判らなかった。

私と、アサ子は、狙われなければならない理由を、考えてみた。しかし、どうしても、心当りがないのである。私は、人を傷つけた記憶がなかったし、アサ子も、ないという。

「わけが判らないわ」

と、アサ子は、青い顔でいった。私にも、わけが判らない。しかし、二人の部屋が荒されたことは、事実だし、一人のホステスが、ピストルで射殺されたことも事実なのだ。外崎京子というホステスを抱き上げた時、私の手を濡らした血の色と感触は、今でも、鮮やかに、記憶に残っている。あの血は、私が流さなければならなかったものなのだ。

刑事は、二時間ほどして戻って来た。

「これですね？」

と、刑事は、現像されたフイルムと、名刺判の写真を、私達の前に置いた。

間違いなく、先日の日曜日に、私とアサ子が、伊豆の伊東に出かけて撮ったものである。しかし、こんな写真を、誰かが、盗もうとするとは、私には、思えなかった。

「とにかく、一枚一枚調べてみようじゃありませんか」

刑事は、私の思惑を無視して、焼き付けた三十枚ばかりの名刺判を、畳の上に並べた。

伊東の風景をバックに、私とアサ子が、写し合った写真である。セルフタイマーを使って、並んで撮った写真もあった。刑事という第三者を混えて、自分達の写真を見るというのは、妙な気持のものだった。

刑事は、私とアサ子だけしか写っていない写真を、まず、横にどけた。確かに、私やアサ子の写真を、犯人が盗む筈がなかった。それならば、アルバムに、何枚も貼ってあった筈だからである。

二枚の写真が残った。

一枚は、私が撮ったもので、ベンチに腰を下したアサ子を写したのだが、写真の中に、団体客が、入ってしまっているのである。

「この人達なら憶えていますよ」

と、私は、刑事にいった。

「福島から遊びに来たんだといってました。東北訛りがあったから、嘘じゃないでしょう」

「この写真を撮った時、あわてた様子は、なかったですか？」

「いや。ありませんでしたね。和気あいあいと、旅行を楽しんでいるように見えましたよ」

「成程ね」

刑事は頷いて、もう一枚に視線を移した。

それも、私が写したものだった。アサ子を、車の傍に立たせて撮った写真である。

「この車は、貴方のですか？」

と、刑事が訊いた。

私は、

「とんでもない」

と、笑った。

「三万円足《た》らずの給料じゃあ、車なんか持てやしませんよ。第一、買ったって、置く場所がありませんからね」

「じゃあ、この車は？」

「偶然、そこに置いてあったんですよ。だから、ちょっと、アクセサリーに使わせて貰ったんです」

「ナンバーが、はっきり見える」

と、刑事は、ひとり言のように、いった。

「東京ナンバーだな」

「それがどうかしたんですか？」

「電話は？」

と、刑事が、アサ子に訊いた。

彼女が、管理人室にあるというと、黙って、写真を持って、部屋を出て行った。

私とアサ子も、刑事のあとに随《つ》いて、部屋を出た。

9

私とアサ子が階下へ降りた時、刑事は、受話器を摑んで、大声で喋っていた。

「そのナンバーの車なんだがね、最近起きた事件に、関係していないか調べて欲しいんだが。プリンスの六四年型の新車だ。ああ、頼む」

刑事は、言葉を切ると、受話器を耳にあてたまま、片手で、煙草を銜えた。ライターで火を点けた時、向うの言葉が入って来たらしい。

「えッ。判った？　それで——」

刑事の言葉が、一度途切れてから、

「何だってッ」

と、甲高い声を出した。

そのあと、長い会話が続いた。やがて受話器を置いて、振り返った刑事の顔は、赧《あか》く興奮していた。

「全てが判りましたよ」

と、刑事は、いった。

「貴方がたが、伊東に行った日に、伊東の近くの海岸で、女の溺死体があがったのです。最初は、自殺らしく思われたんですが、解剖した結果、他殺と判りました。後頭部を殴りつけてから、海へ突き落したんです」

「それで――？」

「殺されたのは、東京の女で、警察は、容疑者として、彼女の夫を逮捕しました。しかし、その日は、一日中、家にいたと主張するのです。確かに、電車に乗った気配はない。死んだ奥さんだけが、一人で、出掛けるのを、近所の人達は目撃しているのです。しかし、男は、車を持っている。その車をフルスピードで飛ばせば、或る時間内に、伊東で、妻君に追いつき、殺してから引き返すことも可能なのです」

「その車が、写真に写っていたやつというわけですね？」

「その通りです。警察も、車を使った犯行に違いないと睨んでいたんです。しかし、証拠がなかった。男は、車は、一日中車庫に入れておいたというのです。反証は摑めない。それに、伊東附近を洗ってみたんですが、日曜日には、車が多いですからね。特定の車のナンバーを憶えているような証人は、見つからなかったのです。それで仕方なく、証拠不十分で、釈放したんですがね」

「あの写真が、動かぬ証拠になったというわけですね？」

「ええ。影の具合から時間も判りますからね。もう、奴っこさんも、終りです。これで、二つの事件が同時に解決したわけです」

刑事は、初めて、微笑して見せた。

私も、ほっとして、アサ子と顔を見合せた。

とにかく、命を狙われるなどということは、真っ平だからである。

「これで、終ったね」

と、私は、アサ子にいった。

「助かったよ」

「ええ。一つだけ終ってないことがあるけど」

「何が？」

私は、驚いて、アサ子の顔を見た。アサ子は、にやにや笑って見せた。


「殺されたホステスさんと、貴方が何故、一緒に歩いていたのか、その説明を、まだ聞いていませんもの」

「それはだね――」

私は狼狽して、刑事を見た。

救いを求めたつもりだったが、刑事は、笑いながら、ちょっと、首をすくめて見せただけで、さっさと、アパートを出て行ってしまった。

くたばれ草加次郎

1

吉田は、理髪店を出ると、駅まで歩いて、そこで新聞を買った。喫茶店に入って、コーヒーを頼んでから、その新聞を開く。娑婆に出て来て、初めて読む読む、新聞であった。刑務所の中でも、昔と違って、初めて新聞が、読めないというのではない。テレビも、見ることは、できる。しかし、自由に読むという楽しさはなかった。映画欄を読むにしても、絶対に、見られないと判っていて、読むのは、何とも味気ないものだ。それに、囚人に、刺戟を与えるような記事は、ちゃんと、切り抜いてある。穴のあいた新聞を読むのは、馬鹿馬鹿しいし、吉田に、いわせれば、切り抜かれた記事ほど、読みたかった代物《しろもの》なのである。

吉田は、ゆっくり、社会面を開いた。穴のあいていない新聞というものは、いいものだと思う。

（ふん）

と、吉田は、笑いながら、鼻を鳴らした。相変らず、強盗事件があり、スリ、窃盗、仲々、華やかである。吉田が、刑務所に送られた五年前と、少しも、変っていない。

（浜の真砂《まさご》ってやつだナ）

吉田は、苦笑したが、その眼が、ふと、光った。ありきたりの記事とは、違ったものを、片隅に、発見したからである。

〈草加次郎、再び活動を始める。警察当局緊張——〉

そんな文字が並んでいる。吉田は、草加次郎が、どんな人物か、知らなかった。警察当局を、緊張させるというのだから、余程、有名な、したたか者なのだろう。ふと吉田の胸に、軽い嫉妬に似た感情が、走り過ぎた。新聞をたたんで、煙草に火を点けたとき、店に、小太りの男が、入って来た。立止って、店内を見廻していたが、吉田の姿を見つけると、ちょっと、手を上げて見せてから、近づいて来た。

「久しぶりだな」

と、男は、いい、にやッと、笑って見せた。金子という昔馴染みである。

「六年じゃなかったのか?」

「一年、早く出た。模範囚だったんでね」

「お前さんが、模範囚ねえ――?」

金子は、今度は、甲高い笑い声を立てた。

「娑婆へ出たい、一心ってやつは、恐ろしいもんだな」

「茶化すんじゃない」

吉田は、苦笑して見せたが、急に、厳しい表情になって、

「手は、空《あ》いてるか?」

と、訊いた。金子が、また、にやッと笑った。

「五年も、喰らい込んでいて、まだ懲りないのか?」

「懲りる?」

吉田は、大きな眼を剝いた。

「冗談じゃない。五年間、俺が、何を考えていたと思うんだ? この手に、大金を握ることだけを考えて、退屈な刑務所《むしょ》の生活を、我慢して来たんだぜ。今更、カタギの生活を送れるものか。第一、俺には、カタギの仕事をする技術がない。せいぜい出来ることといったら、建設仕事くらいだ。そんなことが、俺に出来るかい?」

「出来ないだろうな」

「出来ないさ。俺には、イチかバチかの仕事しか出来ないんだ」

「しかし、今度は、十年は覚悟しなきゃ、ならないぞ」

「捕らなきゃ、十年も二十年も同じことさ。手を借してくれるんだろうな?」

「一体、何をするつもりなんだ?」

「その前に、協力を約束してくれ。どうしても、お前さんの力が要るんだ」

「そうだな——」

「気乗りのしない返事じゃないか?」

「俺も年だ。あまり危い橋は、渡りたくないんでね」

「金が、欲しくないのか?」

「欲しいさ。年の暮だ。それでなくても、いろいろと、金のかかることが多いからね」

「あの女とは、まだ一緒に、いるのか?」

「ああ」

金子は、四十歳という年齢に、ふさわしくないような、子供っぽい狼狽ぶりを見せた。顔が赧《あか》くなっている。吉田は、苦笑した。この男は、腕力もあるし、頭も切れる方だが、女に甘いところが、欠点だと思う。

「ありゃあ、金が、かかる女だ」

と、吉田は、いった。金子の女は、昔、ステージダンサーをしていて、美人だが、派手好きだった。吉田の眼から見れば、何処《どこ》にでもいる、ありふれた女だと思うのだが、金子には、天使に見えるらしい。しかし、五年も、続いているところを見ると、案外、二人の仲は、上手《うま》くいっているのかも知れなかった。

「今、何をして、養っているんだ？」

「小さな不動産屋をやっている」

「儲かるのか？」

「二年ほど前までは、あぶく銭も入って来たがね。今は、やっと、喰えるってとこだ。だから、金が欲しい」

「それなら、問題はない。力を借してくれ」

「――――」

「どうだ？」

「いいだろう」

　暫く間を置いてから、金子は、ぼそッとした声でいい、煙草を取り出して、火を点けた。

「何時《いつ》、何をやるんだ？」

「今日は、十二月二十八日だったな？」

「ああ。あと三日で、大晦日だ」

「仕事は、正月にやる」

「正月？」

「騒がしいときの方が、やり易いからね。正月三日までの間にやるつもりだ」

「それじゃあ、あと、五、六日しかない。出来るのか？」

「出来るさ。五年間、考えて、来たんだ。簡単な仕事だよ」

「二人だけで？」

「出来れば、もう一人欲しい。特に、金庫の構造に詳しい人間がね」

「狙うのは、銀行か？」

　金子は、ぎょっとした顔で、訊いた。

「銀行は、やらん」

　吉田は、落着いた声で、いった。

「三人ばかりの人間で、銀行破りは、出来っこないからね。第一、銀行は、正月三が日は休みだよ」

「じゃあ、何をやるんだ？」

「正月三が日は、だいたいのところが休みだ。官庁も休むし、民間会社も、休むところが多い。しかし、正月が稼ぎ時だと考えているところもある」

「何だ？」

「歓楽街だ。S区に、太陽楽天地というのがある。俺が刑務所に入る頃にも、景気が良かったが、今、新聞の株式欄を見ても上昇株になっている。正月には、沢山の金が、落ちる筈だ。あそこには、映画館四軒、アイス・スケート場、ボーリング場、ソープランド、それに、キャバレーが二軒ある。全部が、太陽興業の経営だ。ざっと計算してみたんだが、正月の三日間で、ざっと、三千万円くらいの金が落ちる筈だ。その金は、楽天地の中にある、太陽興業の事務所に集まる。三千万なら、悪くない仕事だと思うがね」

「しかし、ああいう金は、毎日、銀行へ預けてしまうんじゃないのか？　事務所には、たいした現金は、置いておかないと、いう事だぜ」

「普通の日なら、そうさ。しかし、正月は、銀行も休む。だから、三日間だけは、現金が、事務所の金庫の中で眠っている筈だ。どうだね？」

「三千万は、悪くないが、金が、手に入ったとしても、上手く逃げられるのか？　どんな仕事でも、仕事そのものは簡単だが逃走に失敗することが多いんだ。そこまで、がっちりと、計画してあるなら、手を貸してもいいが」

「勿論、考えてある」

吉田は、胸を叩いて見せたが、店に、客が、増え始めたのを見て、金子を促して、席を立った。

2

　デパートの屋上は、風が強かった。そのせいか、客の姿はない。吉田と金子には、都合のよい相談場所だった。

「さっきの続きだが――」

　と、吉田は、いった。

「刑務所で、太陽興業で、会計係をやっていた男と一緒になった。使いこみがバレて、馘《くび》になり、自棄《やけ》を起こして、傷害事件をやった男だ。その男の話では、金庫は、事務所の二階にある。NS36型という金庫だ。夜の警備は、楽天地全体で五名。事務所は、二名だといっていた。たいした警備じゃない」

「金を手に入れてからの逃走方法は？」

「先ず、警備員二名を、金庫の中に、閉じ込める。あの楽天地で、一番早く開く、スケート場でも、朝の十時にならなければ開館にならない。事務所の職員も、九時に出勤だ。つまり、朝の九時にならなければ、異変に、気付かないということだ。その間に、俺達は、高飛びする」

「何処へ？」

「別府さ」

「別府？」

「朝の七時に、羽田から、福岡行の飛行機が出る。俺達は、それに乗る。東京で、大騒ぎが始まった頃には、雲の上を飛んでるって寸法だ。別府の温泉で、正月を送るのも、悪くないもんだぜ」

「温泉か――」

　金子は、にやッと笑った。

「悪くないな。あいつも喜ぶ」

「女は、一日前に、別府に、やっとくことだ。一緒に行動するのは、危険だからな」

「そうしておく」

「問題は、NS36型の金庫に詳しい男を見つけることだ。心当りはないか？」

「探してみよう。何とか見つかると、思うね。三千万の話なら飛びついてくる奴が、いると思うんだ。師走で、金が欲しい奴は、ごろごろしているからね」

「それじゃあ、その方は、お前さんに、委すことにする」

「ところで、宿は、どうする？」

「太陽楽天地の傍に、藤乃屋という旅館がある。そこに、泊るつもりだ。問題の男が見付かったら、連絡に来てくれ。それまでの間に、楽天地の様子を、調べておく」

「判った。ところで、前祝いに、一杯、やらないか？」

「飲みたいところだが、止《や》めておくよ」

吉田は、慎重に、いった。

「今度の仕事は、是が非でも、成功させたいんでね」

二人は、握手して、屋上で、別れた。

吉田は、その足で、太陽楽天地に向った。バスを、楽天地前で降りた時には、夕闇が、立ちこめていた。気の早いネオンサインが、薄暗い街の中に、赤青の色彩を、漂わせ始めている。

『太陽楽天地』のネオンが、馬鹿でかく、横に拡がっている。吉田は、ゆっくりした足取りで、その下を、くぐった。入ってすぐ右が、四階建の、太陽興業の事務所に、なっている。吉田は、ちらッと、その二階あたりに、眼をやったが、すぐ、視線を、そらせてしまった。

左側に、体育館のような、アイス・スケート場があり、若い喚声が、外まで、流れて来る。スケート場の地下が、ボーリング場であった。吉田は、切符売場の前まで行って営業時間を調べてみた。アイス・スケート場の方は、午後九時までになっている。ボーリング場の方は、十一時までであった。問題はなさそうだった。

アイス・スケート場を離れて、左へ廻ると、映画街になる。邦画系三館と、洋画の封切館が一館である。どの映画館の前にも、もう門松が、立ててあって、正月気分を、あおっていた。客足は、余り良いようには、見えなかったが、正月になれば、どの館も、満員になるに違いなかった。そうなってくれなくては、困るのである。

映画館の前に、三階建のビルがある。ネオンを読むと、一階が、パリムードのキャバレー。二階は、京都情緒のキャバレーで、三階がソープになっていた。一番営業時間の遅いのが、ソープで、午後二時から、午前二時までに、なっていた。あれが、問題だなと、吉田は、三階の灯を見上げていた。

吉田は、いったん、楽天地を出て、旅館に入った。旅館の仲居は、彼の姿を見て、妙な顔をした。流行遅れの服装をしていたからだろう。千円を、握らせると、現金なもので、笑顔に変って、部屋に、案内してくれた。吉田は、苦笑せざるを得なかった。

（何ごとも、金か）

と、思い、改めて、執念のようなものが、吉田の頭を占領した。

3

金子が、土屋徳助という老人を連れて、旅館に訪ねて来たのは、大晦日の午後だった。

吉田は、二か月前に、刑務所を出て来たという、その老人を、不遠慮に眺め廻した。信用できるようでもあり、できないようでもあった。

「NS36型の金庫を開けられるかね?」

と、吉田が訊くと、

「NS36型に限らないよ」

と、土屋は、妙に、低い声で、いった。

「金庫と名のつくものなら、たいがいのものは、開けられる。もっとも、市販されているものに限るがね」

「前科《まえ》は?」

「忘れた。思い出すのが、面倒臭いんでね」

「そんなに、あるのか?」

「爺さんは、刑務所生活の方が、長いんだ」

金子が、横から、いった。吉田は、頷いた。信用できるかどうか判らないが、この老人を使うより、仕方が、ないようだった。時間がなかった。

「では、詳しい打ち合せをしよう」

吉田は、テーブルの周囲に二人を呼んだ。

「あれから、太陽楽天地を、色々と、調べてみた。俺が、刑務所で会った、会計係の話は、信用していいと思う。金庫は事務所の二階だ」

「やるのは、何時だ?」

金子が、訊く。吉田は、ちょっと考えてから、

「一月四日の午前二時から、三時の間だ」

「どうやって、事務所に入る? その時間には、事務所は、もう、閉まっている筈だ。硝子窓でも、叩

き破って、侵入するのかね？」

「いや。そんな馬鹿な真似はしない。楽天地で、一番遅くまで営業しているのは、ソープランドだ。これが、午前二時まで受付けている。俺は、昨日、午前二時に、ソープへ、行ってみた。マッサージされながら、窓から下を見ていたら、黒い鞄をぶら下げた男が、ソープを出て、事務所の方へ歩いて行った。その日の売り上げを、事務所の金庫へ納めに、行ったんだ」

「その男について、事務所に、入り込むわけか？」

「そうだ。ソープの金が最後だからね。最初の計画では、事務所の警備員二名が、問題だったが、三人になったわけだ」

「しかし、その男が、ソープに戻らないと、騒ぎになるんじゃないのか？」

「いや、その点は、大丈夫だ。いつも、事務所の金庫に、金を納めると、そのまま、帰るそうだ」

「三人か」

「こっちも三人いる。それに、万一の時の用心に、これも、用意した」

吉田は、外套のポケットから、鈍い光沢を見せている、ブローニング拳銃を、取り出して来て、二人の前に置いた。

「昔馴染みに、貰ったものだ。勿論、脅しに使うだけで、撃ちゃしない」

「事務所から、金を奪ったとして、それから、どうする？　飛行機に乗る七時までの間だ。まさか、この旅館に戻って来て、夜が明けるのを、待つわけじゃないだろう？　第一、事務所から、此処《ここ》まで、のこのこ歩いてくるのは、危険だ」

「車を使うさ」

「車？」

「お前さんは、不動産屋をやってるんなら、車ぐらい持っているだろ？」

「ああ。月賦は、まだ、払い終ってないがね」

「その車を使う」

「事務所の前に、横づけにでも、しておくつもりかね？　午前二時頃、そんな場所に、見馴れない車が、置いてあれば、すぐ怪しまれるぜ」

「車は、ソープの前に置いておく。昨夜も見て来たが、ソープの周りには、車が、何台も駐車している。車で来る客が多いし、そんな客の方が、金があるらしいというので、モテるそうだ。そこで、こうしたいと思う。先ず三人で、午前二時少し前に、ソープの前に、車を乗りつける。一人が、ソープに入る。他の二人は、車の中で鞄を持った男が現われるのを待つ。その男が現われたら、後を尾《つ》けて、事務所に侵入。ソープに入った一人は、マッサージを済ませたら、車に戻り、運転して、ゆっくり事務所の前まで走らせてくる。そこで、クラクションを一回鳴らす。金を奪った二人が、車に乗り込む」

「時間の割りふりは？」

「そうだな。どの位、あれば、金庫は、開けられる？」

　吉田は、土屋徳助を見やった。

「三十分あれば、充分だよ」

　老人は、相変らず、ぼそぼそした声で、いった。

「丁度いい。ソープは、一時間サービスだというが、実際は、三、四十分だ。だから、三時ジャストに、車を、事務所の前へ持ってくるようにしてくれ」

「俺が、その役か？」

　金子が訊く。吉田は、頷いて見せた。

「いい役だぜ。ただし、スペシャルは、断れ。いい気持になって、肝心なことを忘れると、困るからな」

吉田は、にやッと、笑って見せてから、今度は、金子と、土屋徳助の二人に、

「三人分の飛行機の予約は、とって置いた。手に持っていける荷物一人、一キロまでに制限されている。千円札以上なら、一キロ以内で、一千万円になる。札の入り易い鞄を、三つ用意することだ。丈夫な鞄がいい。途中で、チャックが外れて、中身が、バラまかれたなんていうんじゃ困るからね」

「鞄と車の件は、俺が、引き受けたよ」

金子が、頷いて見せた。

「それから、もう一つ、提案がある」

と、吉田は、いった。

「草加次郎のことだ」

「草加次郎？」

金子は、驚いた眼で、吉田を見た。話が、急に飛躍したので驚いたらしい。

「草加次郎が、どうしたんだ？」

「新聞で、奴のことを、いろいろと、読んだ。面白い奴だ。こいつを、ちょっと利用してやろうと、思うんだ」

「どんな風に、利用する？」

「新聞に、奴の署名が、出ている。この署名を真似て、脅迫状を書く」

「太陽楽天地にか？」

「馬鹿をいうな。そんなことをしたら、警戒が厳重になって、お手あげだ。太陽楽天地から、一番遠い、歓楽街に、手紙を出す。正月中に、爆破すると、書いてだ。二つの効果があると思うんだ。

第一は、警察の、警戒が、そこに集中すること。万一俺達の仕事が失敗した時でも、逃げ易くなる。

第二は、これが新聞に出れば、客が、そこを敬遠して、太陽楽天地に集まるだろうということだ。つまり俺達が摑む金が、多くなるということだよ。三千万が、四千万に増えるかも知れないということだ」

「一千万増えれば、一人当り三百万か。悪くないね」

金子は、笑った。土屋徳助も、賛成のようであった。

4

その日のうちに、草加次郎の署名を使って、脅迫状が、投函された。

新聞に、その手紙が載ったのは、一月三日であった。新聞の論調は、厳しいものだったが、それは、吉田が、望んでいたものである。

警察は、向う一週間、脅迫状に指定されている、T歓楽街を二百名以上の警官で、警備するつもりだと、発表していた。またT歓楽街の、興業主達は、これで、客足が、激減するだろうと渋い顔をしているとも、伝えていた。どちらも、吉田の期待していた通りになった感じだった。

その日。吉田は、金子と、楽天地を歩いて見た。予想以上の人の波で、二人は、歩くのに、難渋するくらいだった。映画館も満員なら、スケート場も、ボーリング場も、満員だった。映画館の中には、『爆発の心配のない太陽楽天地』と書いた紙を、ぶら下げているところもあって、吉田の苦笑を買った。

「計画した通りに、なっている」

と、吉田は、楽天地を出てから、金子にいった。

「あの分なら、四千万は、固いな」

「あの満員の客が払った金が、明日は、俺達のものになるのかと思うと、何だか、妙な気がするね」

「金は、天下の、まわり物ってわけさ。頭のいい奴が、金を握る。これが、人生ってやつさ」

「予定より、一千万も増えたとなったら、草加次郎に、感謝しなけりゃ、ならないな」

「別府に着いたら、礼状でも書くさ」

吉田は、笑ってから、腕時計を、見た。午後四時を、針が指している。

「あと、十時間か」

と、ひとり言のように、いってから、

「俺は、夕食を済ませてから、あの旅館を、引き払う。あとあとの事も考えて、仲居には、北海道に行くようなことを、匂わせて置くつもりだ。お前さんは、例の爺さんを、車に乗せて、十二時に、四谷駅前に来てくれ。そこで、待ち合わせることにしよう」

「十二時だな」

と、金子は、念を押してから、ちょっと手をあげて、消えて、いった。

吉田は、ひとりで、旅館に戻ると、夕食までの間を、ぼんやりと、炬燵《こたつ》に当って、過ごした。失敗するのでは、あるまいかという不安は、あまりなかった。自分の計画に、自信を持っていたせいもあるし、刑務所生活の間に、身についた。糞度胸でもあった。

夕食は、腹一杯食べた。食欲もあった。俺は、あがっていないと思い、自信が、倍加した感じであった。

吉田は、料金を払って、旅館を出た。番頭や仲居が、彼のことを、怪しんでいる様子は、何処にも、見られなかった。チップを、はずんだせいか、誰もが、愛想が良かったし、仲居は、北海道に帰るという、彼の言葉を、そのまま信じた様子で、今度、東京に来たときには、北海道の土産でも、持って来て頂戴と、甘えた声で、いったくらいである。

(万事、順調だ)

と、吉田は、思った。

吉田は、新宿へ出て、映画館に入って、時間を潰した。皮肉なことに、そこで、やっていたのが、アメリカの、銀行強盗の映画だった。計画を立て、隣の家から、地下道を掘って、まんまと、金庫から、金を盗み出すことに、成功する映画である。もっとも、映倫に気がねしたとみえて、ラストは、お定まりの勧善懲悪になっていた。金の配分のことで、仲間割れが起きて、全てが、おジャンになるのである。見終って、吉田は、苦笑した。彼は、きっちり、三等分してやるつもりでいる。金の配分のことから、自滅するような事は、絶対に、ないという自信があった。

映画の終ったのが、十一時だった。三が日が過ぎたといっても、街は、まだ正月気分が残っていた。普段より、人通りも多い。吉田は、ぶらぶらと、新宿御苑の前あたりまで歩き、そこからタクシーを拾った。

四谷には、金子の車が待っていた。吉田が、タクシーを降りて、近寄っていくと、運転席にいた金子が、蒼い顔で、頷いて見せた。緊張しているらしい。後の座席には、土屋徳助が、ちょこんと、腰を下していた。この方は、普通の表情だった。刑務所生活の方が、長いというだけあって、度胸は、坐っているらしい。

吉田は、金子の隣に、腰を下した。

「落着いて、行こうぜ」

「ああ」

と、金子は、頷いて、アクセルを踏んだ。車を走らせている間に、金子も、幾分か、落着いて来たように見えた。蒼かった顔に、赧みがさしてきた。

「その調子だ」

と、吉田は、笑いかけた。一番恐ろしいのは、緊張しすぎてへまをやることだった。

途中で車を止め、もう一度、打ち合せを、やり直した。時間も合せた。

車を、楽天地に乗り入れたのは、二時十分前だった。流石《さすが》にスケート場も、映画館も灯が消えていた。まだ、灯が点いているのは、事務所の二階と、ソープだけである。

金子は、車を、ソープの横へ止めた。自家用のナンバーをつけた車が、四台ばかり並んでいた。予期した通りだった。

ライトを消してから、金子だけが降りて、三階の、ソープランドへ、上って行った。吉田と、土屋徳助は、ルームライトの消えた車内で、息を殺して、待った。

緊張しているせいか、寒さは感じなかった。時間だけが、嫌に、長かった。時間が、止ってしまったのではあるまいかと、腕時計を、耳に押し当ててみたほどである。

十分ばかりして、薄明りの洩れている、ビルの入口から、黒い影が、出て来た。黒っぽい外套を着て、手に鞄を下げている。

吉田は、土屋徳助の肩を叩いた。

「あいつだ」

先ず、吉田が、車から出た。ゆっくり、男のあとを尾ける。あわてては、ならないのだと、歩きながら、自分に、いい聞かせた。今、ソープから出て来た客のような顔をしていることだ。

男は、せかせかした足取りで、事務所の建物に向って歩いて行く。早く済ませて、帰りたい様子が足取りに、現われているようだった。吉田が、後を尾けていることに、気付いた様子は少しもなかった。

男は、事務所の前で、立止った。扉は、既に閉っている。男は、横の通用門の、呼鈴を押した。そこまで見届けてから、吉田は、男に近づくと、いきなり、拳銃の台尻で、殴りつけた。鈍い音が、ひびいて、男は、悲鳴もあげずに、その場に、倒れた。

吉田は、風呂敷で、顔を包んで、門の開くのを待った。

通用門が内から開いて、五十歳くらいの男が、顔を覗かせた。右手に、鍵をぶら下げているところを見ると、警備員の一人らしい。

吉田は、その男の鼻先に、拳銃を突きつけた。

「声を出すんじゃない」

と、彼は、低い声でいった。

「俺も殺したくないし、お前さんだって、死にたくないだろうからね」

「――――」

相手は、真青な顔で、震えている。吉田は、その男を押すようにして、中へ入った。土屋徳助も、倒れた男を、引き摺って建物の中へ入った。

吉田は、警備員に、内側から、鍵をかけさせた。

「もう一人、警備員がいる筈だ」

吉田は、男の背中を、拳銃で、小突いた。

「二階か?」

「――――」

男は、黙って、頷いている。吉田は、ちょっと考えてから、警備員の頭も、拳銃で、殴りつけた。倒れた二人を、吉田は、土屋徳助と、用意して来た縄で縛り上げ、猿ぐつわを、かませた。

足音を忍ばせて、二階に、上る。ドアは、開いていた。その隙間から覗くと、三十歳前後の男が、退屈そうに、雑誌を、読んでいた。その向うに、黒光りのする金庫が、置かれてあった。

吉田は、ゆっくりと、ドアの隙間から、身体を、滑り込ませた。男は、まだ、気付かずに雑誌を眺めている。吉田は、その後に廻った。人の気配に気付いたように、男が、顔を上げた。その鼻先に、吉田は、拳銃を突きつけた。

「声を立てるな」

吉田は、ゆっくりした声で、いった。

「金庫の開け方を知ってるか？」

「――――」

男は、青い顔で、首を横に振った。

「爺さん」

と、吉田は、男に、拳銃を、突きつけたまま、土屋徳助を呼んだ。

「爺さんの活躍する番だぜ」

「委せてくれ」

老人が、金庫の前に、屈み込むのを見てから、吉田は、男を縛り上げて、猿ぐつわをかませた。

腕時計の針は、二時二十分を、指していた。

「あと四十分だ。頼むぜ」

「黙っててくれ。気が散る」

「判ったよ」

吉田は、にやッと、笑って見せた。

「芸術家は、うるさいもんだ」

と、これは、ひとり言のようにいって、足元に倒れている男を見下した。最初の予定では、金庫に押し込めるつもりだったが、どうやら、金庫には、人間が、入りそうにない。吉田は、足の縄だけを解いて、男を立たせた。

「地下室は、あるか?」

と、訊くと、猿ぐつわをかませた顔を、縦に小さく振って見せた。

「じゃあ、そこへ、案内して貰おうか」

吉田は、男の身体を、押した。

地下室は、変電室になっていた。黴臭く、冷たかった。吉田は、改めて、男の足を縛り直すと、暗い部屋に、押し込めた。気絶している二人も、引き摺って来て、同じ部屋に入れ、外側から、鍵をかけた。腕力には、自信のある吉田だったが、骨の折れる仕事だった。鍵をかけ終ると、顔を蔽っていた風呂敷をとって、小さな溜息を吐いた。

二階に上ってみると、土屋徳助は、まだ、金庫に、しがみついている。小柄なせいで、虫が、止まっている感じだった。吉田は、傍にあった椅子に腰を下した。

腕時計を覗いてみる。二時三十分。あと三十分しかない。

「大丈夫か?」

と、小声で、いったが、聞こえなかったとみえて、土屋徳助は、返事をしなかった。金庫を、開けることに、神経を集中しているようだった。こんな時には、声を掛けないのが、一番いいと、判っているのだが、腕時計の針が、動く度に、焦燥が、吉田を捕えた。

「大丈夫か?」

と、今度は、前より大きな声を出すと、土屋徳助は、ダイヤルを睨んだまま、

「静かに——」

と、低い声で、いった。吉田は、口を閉ざした。

が、不安が消えたわけではない。本当に、この老人は、金庫を開けることが、出来るのだろうか。もし、駄目なら、何もかも、おじゃんになるのだ。三千万も、四千万も、取らぬ狸の皮算用ということになる。

吉田は、椅子から、立ち上がると、その場を、歩き廻った。その間にも、時間は、容赦なく、過ぎて行く。腕時計を、また覗いて見る。

二時四十分。あと、二十分しかない。

「まだか？」

と、吉田が、荒い声でいったとき、土屋徳助は、立ち上って吉田を見た。

「開いたよ」

と、老人は、いった。

5

金庫の中には、札束が、ぎっしり詰っていた。ざっと見て、四千万は、固いと、吉田は、ふんだ。百円硬貨も、袋に入っていたが、それは、敬遠した。二、三百万は、あるようだが、飛行機に、乗れなくなる。

吉田は、土屋徳助と、用意してきた袋に、札束を、詰めた。自然に、顔が、弛んでくる。五年間、夢に見つづけて来た札束である。土屋徳助も、夢中になっているようだった。

詰め終って、腕時計を見ると、三時五分前になっていた。金庫を閉め、部屋の明りを消して、通用門のところまで、歩いて行った。

三時。

外で、クラクションが、一回鳴った。予定通りである。二人は、鍵を開けて、通用門を出た。車が待っていた。札束を詰めた袋を、後の座席に放り込むと、吉田は、金子の隣に身体を滑り込ませた。

「上手くいった」

と、吉田は、乾いた声で、いった。金子は頷いて、アクセルを踏んだ。

「ゆっくりやった方がいい」

スピードを上げようとする金子に、吉田が、注意した。

「スピード違反で、パトカーにでも捕ったら、元も子もなくなるからね」

「判った」

「調子良く、いった。四千万は固いよ」

「四千万か――」

ハンドルを握っている金子の、緊張していた顔が、思わず、ほころんだ。

「真直ぐ、羽田へ、やるかい？」

「その前に、金を詰め換えなきゃならん。何処か、人目に立たない所で、一度、止めてくれ」

「ＯＫ」

金子は、車を、六郷に走らせ、河原で止めた。

「ここなら、誰も来ない」

金子が、ライトを消してから、いった。三人は、後のトランクから、用意して来た三つの鞄を取り出すと、札束の、詰め換えに、かかった。

誰も、黙って、作業に熱中していたが、時々、笑いが洩れた。一番早く、詰め終った吉田は、車から出ると、川っぷちまで歩いて行って、拳銃を、川に投げ棄てた。此処まで来れば、拳銃は、邪魔なだけだった。

吉田が、車に戻ると、他の二人も、詰め終って、脹らんだ鞄を手で、撫でていた。

「成功だな」

と、吉田は、二人に、笑って見せてから、飛行機の切符を取り出して、二人に、渡した。

「七時になったら、ばらばらに、飛行機に乗る。最後まで、慎重にやることが必要だ。飛行機の中では、絶対に、口をきかないこと。安心感から、詰らないことを、口走らないとも、限らないからね」

二人は、黙って、頷いた。

「これは、用心の上にも用心をということで、ここまで来ればもう大丈夫と、思っている」

吉田は、笑って見せてから、煙草に、火を点けた。金子も、煙草を咥えた。

五時になると、金子が、自動車ラジオのスイッチを入れた。ニュースが始まったが、太陽楽天地については、一言も、言及しなかった。改めて、安堵感が、吉田を捕えた。

六時のニュースも、同じだった。草加次郎は、遂に、現われなかったと、アナウンサーは、喋っている。

〈しかし、警察当局は、引き続き、T歓楽街の警備を、続けるつもりだと、発表しています。この、いまわしい爆破魔は、次にいかなる挑戦を――〉

「ご苦労なことさ」

吉田は、大きな声で、いって、スイッチを切った。

「そろそろ、別府に向って、出発しようか」

「OK」

と、金子は、威勢のいい声を出した。

三人を乗せた車は、羽田空港に向って、走り出した。陽が昇り、真冬特有の、高く澄んだ、空が、吉田達を祝福してくれるようにさえ思えた。

空港にも、何の異状も、感じられなかった。外国人の乗客は陽気に、大声で、喋っていたし、日本人の乗客も、晴着姿が、多かっただけである。

やがて、アナウンスが、大阪、福岡行の、三〇一便の出発を伝えた。

「三〇一便、シティ・オブ・キョウトに、お乗りの方は、送迎デッキの下を通って――」

吉田は、鞄を、しっかりと握りしめて、立ち上った。最後の関門を、間もなく突破するのだ。飛行機に乗ってしまえば、全てが、終ったと同じだと、思った。あとは、一千三百万円と、別府での楽しい生活が、待っているのだ。

金子と、土屋徳助の二人が、改札口を、通り抜けるのを確かめてから、吉田は、一番最後に、ロビーを出た。

頭上のスピーカーは、滑らかな英語で、同じことを、伝えている。

(シティ・オブ・キョウト――か)

歩きながら、吉田は、ぼんやり考えていた。

(今日は、富士山が、綺麗に、見えるだろうな)

吉田達を乗せる、シティ・オブ・キョウト号は、銀色に輝く翼を、滑走路に横たえていた。あの飛行機が、俺を、福岡へ、運んでくれる。いや、福岡でなく、一千三百万と、自由の天地へ、運んでくれるのだ。

送迎デッキの上では、早朝というのに、可成り人垣が出来ていて、今、飛行機に乗り込もうとする乗客に、大声で、「いっていらっしゃい」と、呼びかけていた。吉田は、その人達にも手を上げて、応えたいような、気持になっていた。

吉田は、一歩ごとに、不安が消え、愉快な気持になっていくのを感じた。何もかも、予定通りなのだ。もう、誰も、俺を止めることは出来ない。誰もだ——。

「————」

ふいに、吉田の足が、止まった。シティ・オブ・キョウト号に向って、歩いていた、乗客の列が、止まって、しまったのだ。

(一体、何が起きたんだ?)

吉田は、ぼんやりと、周囲を、見廻した。その眼に、今、吉田達が出て来た、建物から、何か大声で叫びながら、駈けてくる男の姿が映った。ユニホーム姿のところから見ると、空港の係員らしい。金子が、いつの間にか、吉田の傍に、来ていた。彼の顔は、青ざめていた。

「バレたんじゃないか?」

金子は、小声で、いった。その声が、震えていた。

「馬鹿な」吉田は、強い声で、いった。

「まだ七時だ。あの事務所が開くのは、九時だ。それまで、バレる筈がない」

「しかし——」

金子は、口ごもった。駈けて来た、空港係員は、乗客を、自分の周囲に、半円形に、並ばせた。その顔が、ひどく緊張していた。吉田にとっては、あまり、良い徴候とは、いえなかった。

「申しわけありませんが——」

と、その男は、甲高い声でいった。

「皆様の所持品を、検査させて頂きます」

その言葉で、金子が、小さな、呻き声を、あげた。吉田も、顔から、血の気が引いていくのを感じた。鞄を開けられたら、それで終りだ。

(しかし——)

何故《なぜ》、事件が、バレたのだろうか。

「どうして、所持品の検査をするのかね？」

　乗客の一人が、抗議するように、いった。

「我々は、外国へ行くわけじゃない。国内旅行だ。何故検査するのかね？」

「只今、草加次郎と名乗る男から、日航の事務所に、電話が、掛って来たのです」と、空港係員が、いった。

「福岡行の一番機を、爆破するというのです。単なる脅しかも知れませんが、我々としては、安全のために、全力を尽さねば、ならないのです。皆様にも、是非、協力して頂きたいと思います」

　乗客は、草加次郎の名前を聞いて、不満を消した。吉田は、ゆっくりと、絶望が、襲いかかってくるのを感じた。その絶望感は、何となく滑稽でもあった。

（くたばれ。草加次郎め）

　吉田は、歪んだ顔で、空を見上げた。鞄が、彼の手から落ちて、地面に転がった。

目撃者を消せ

1

寒い朝であった。

牛乳配達の青年は、白い息を吐きながら、重い自転車を走らせていた。牛乳を配っている間に、陽が昇り、わずかに気温が高くなった。

バス通りから、路地に入ったところで、青年は、犬の吠える声を聞いた。青年は犬好きである。自転車を停めて、声のした方に眼を向けた。

右手に、百坪ばかりの空地《あきち》がある。「××銀行S町支店建設用地」の立札が立っている。空地の周囲には、柵がしてあったが、遊び場の少ない子供達が、いつの間にか柵を毀《こわ》して入り込むのである。青年も、夕方の配達の時に、空地の中で、子供達が遊んでいるのを、見ることが多かった。

青年は、柵の毀れた箇所から、中を覗き込んだ。雑草が茂り、子供達が遊びに使っている土管や、セメントのかけらが所々に、散乱している。

犬が、また激しく吠えた。黒く大きな犬である。青年の知っている犬であった。最近、この辺りを、うろつくようになった野良犬で、子供達から、クロスケと呼ばれていた。

青年は、口笛を吹いた。余った牛乳を与えたことがあって、それ以来、青年には馴れている。口笛を吹けば、飛んでくるはずだった。

青年は、もう一度、口笛を吹いた。が、今日に限って、クロスケは、一向に寄って来ない。しきりに、吠え立てているだけである。

そのうちに、唸り声に変わった。何かをくわえて、しきりに、引っ張っている。青年の立っている場所からは、黒っぽい布片のようにしか見えなかった。

青年は、興味を感じて、柵を乗り越えて、空地へ入って行った。

朝露に濡れた雑草が彼の足にからみついた。青年は、ちょっと、眉をしかめたが、犬に近づくにつれて、顔色が変わって来た。足の濡れることは、いつの間にか忘れてしまっていた。

(人間が寝ている)

青年は、最初、そう思った。健康な青年の頭には、「死」という言葉は、思い浮ばなかったのである。

男が、俯せに倒れていた。クロスケがくわえていたのは、その男のレインコートの裾であった。レインコートは、雨に濡れている。

青年は、昨夜遅く、俄雨《にわかあめ》があったことを思い出した。

クロスケが、また、激しく吠えた。青年は、視線を、男の頭の方に移していったが、ふいに、「うッ」と、低い呻き声をあげて、眼を見張った。

青年の眼を捕えたのは、血であった。男の後頭部が、血に染っていた。周囲の草にも、血が飛んでいる。初めて、青年の頭に、「死」という言葉が浮んだ。

(この人は、死んでいる)

青年は、そう思った途端、空地から飛び出して行った。

2

死んでいた男は、所持していた名刺と、運転免許証から、太田信次(四十二歳)と判明した。この近くで、小さな運送会社を経営している男である。

死因は、後頭部の打撲傷によるもので、凶器は、すぐ発見された。死体の近くの草叢から、血のこびりついた大きな石が出て来たからである。

「おそらく、即死だったろうね」

死体を調べていた警察医が、田島刑事の耳もとでいった。

「死亡時刻は？」

田島は、死体に眼をやったまま訊いた。ベテランの田島は、死体を見るのは、馴れてはいたが、それでも、眉をひそめていた。

「死」というものは、経験をつんだからといって、軽く見られるものではなかった。

「昨夜の十一時から十二時までの間だと思うよ」

「十一時から十二時までというと、雨が降り出す少し前ですね」

「そうなるかね」

「昨日、家に帰ったのが十二時でしたから確かです。それからすぐ雨が降り出したんですから」

田島刑事は、ひとりで頷いた。犯人を探し出す上に、昨夜の雨は、何かのヒントになるかも知れない。田島は、頭の中で、そんなことを考えていた。

死体に、蓆《むしろ》がかぶせられた頃になって、家族が駈けつけて来た。

若い妻君と、店で働いているという運転手である。連れて来た矢部刑事が、

「被害者の妻君の太田美佐子です」

と、小さな声でいった。

美佐子は、若い警官が蓆をどけるのを待って、死体の傍に屈み込んだ。

顔色は蒼ざめていたが、不思議に、泣き声も立てなかったし、涙も、こぼさなかった。

(気丈な女なのだろうか？　それとも、死んだ夫に

対して、愛情を感じていなかったのだろうか？）

田島は、自分でも知らないうちに、探るような眼になって、女の顔を見つめていた。

女が死体の傍を離れたのを機会に、田島は、声を掛けた。

「どうも――」

と、田島はいった。

「お悔みの言葉もありませんが、こうなった以上、犯人逮捕に協力して頂きたいと思います。いろいろと、立ち入ったことをお伺いしますが、お気を悪くなさらないで――」

「構いません」

太田美佐子は、意外に強い声でいった。田島の方が、かえって、気を呑まれた恰好になった。

「構わない――というのは？」

「こうなることは、わかっていたんです」

美佐子は、同じように強い声でいったが、今度は、語尾が微かに震えていた。

「何度も主人に注意したんです。それなのに――」

「注意なさったというのは、何をですか？」

「主人は、人に恨まれるようなことばかりしていたんです。きっと、いつかは、こんなことになるんじゃないかと、それが心配で――」

「あなたの心配が、現実になったということですね？」

「――――」

「ご主人を恨んでいた人を、知っていますか？」

「私の口からは申せません」

「なるほど。私の方で調べましょう。ところで、昨夜のご主人の行動を、話して頂けませんか？」

「夕食が終ってから、電話を掛けていました。それから、ちょっと、出かけてくるからといって――」

「家を出たのは何時頃ですか？」

「七時頃だったと思います」

「行先は？」

「わかりません。でも、大体は想像つきます。駅前の、『黒猫』というバーだったと思います。最近、よく、その店へ行っていたようですから」

「電話の相手は、わかりませんか？」

「村松さんだったと思います」

「どんな人ですか」

「同じ運送会社をやっている方です」

田島は、村松運送店の住所を訊いてから、手帳に書きとめた。

田島が、質問を打ち切って、礼をいった時、太田美佐子の顔が、急に歪んだ。

田島は、彼女の顔に、涙が浮ぶのを見た。

3

所轄署に、捜査本部が設けられ、調査のために、刑事達が、街に散って行った。

田島は、矢部刑事を連れて、先ず、村松運送店を訪ねてみた。

小型トラックが二台だけの狭い店である。主人の村松晋吉は、五十年輩の太った男だったが、田島が、太田信次の死を知らせても、さして驚いた様子は見せなかった。

「いつか、こんなことになるんじゃないかと、思ってましたよ」

と、村松は太田美佐子と、同じようなことをいった。

「それは、被害者が、いろいろと恨まれていたということですか？」

「まあ、そうですね。死んだ人の悪口をいいたくはありませんが」

「具体的に話して貰えませんか？」

「そうですな。例えば、あの店には、今、三人ほど運転手がいますが、どれも、最近来た人ばかりです」

「ということは、運転手が長くは居つかないということですかな」

「ええ。運転手が、ぶつけて車を毀した時、その修理代は、わたし達と、運転手が半々に持つんですがね。あの店じゃあ、全部、運転手に持たせるそうですからね。それも、給料から勝手に引いてしまうらしい。この求人難の時に、そんなことをしたら、運転手が辞めていくのは当たり前の話ですよ」

「辞めた運転手の中に、彼を恨んでいる者があるということですか？」

「確か、的場という若い男でしたがね。三か月ばかり前に、人身事故を起こしましてね。相手は全治二か月の重症。入院費や慰謝料やらで十万ばかり掛ったそうです。ところが、太田さんは、お前がやったんだからと、一銭も出さなかったそうです」

「それで、その的場という運転手は？」

「免許証は取り上げられましたから、車の運転は出来ません。それで、雑役みたいな仕事をやってるそうですよ。それに、十万円の金を作らなきゃならんので、昼間の仕事が終わると、夜は、夜警の仕事もしているようです」

「冷たい太田信次の仕打ちを恨んでいるということですか？」

「そりゃあ、恨んでいると思いますね。事故の原因も、太田さんが、その男を、働かせすぎたので、睡眠不足だったことにあるとも聞いていますからね。まあ、十万円全部を肩代りしてやらなくとも、千円でも二千円でも助けてやるのが、傭い主の恩情というものじゃありませんかね」

「その的場という男は、今、何処《どこ》に住んでいるか、ご存じですか？」

「住所は知りませんが、川を渡った向うの、南東製薬の夜警をやっているとか、聞きました」

「南東製薬――？」

田島が呟いてから、矢部刑事の顔を見ると、矢部は心得て、飛び出して行った。

田島は、視線を、村松晋吉に戻した。

「他に、太田信次を恨んでいた人間に心当たりはありませんか？」

「そうですね。平沢という男も、太田さんを恨んでいたかも知れませんね」

「誰ですか？　それは――」

「駅前の魚屋で働いている若い男です。喫茶店の女に惚れていたんですが、その女を、太田さんが――」

「取った？」

「まあ、そんなところです。アパートに囲って、時々通っていたようです。太田さんは、仲々、発展家でしたからね」

「ところで、あなたは、どうなんですか？」

「わたしが？」

村松は、驚いたように、眼を見張った。

「わたしは、単なる同業者の一人にしか過ぎませんよ」

「昨夜、太田さんから、電話が掛って来ませんでしたか？」

「電話？」

「太田さんの奥さんは、昨日の夕方、ご主人があなたに電話を掛けていたといっていましたが」

「ああ、あれですか――」

村松に、あわてた調子が覗いて見えた。

「思い出しました。確かにありましたよ」

「何の電話だったのですか?」

「同業者の集まりが、月末にあるんで、その打ち合わせの電話です。たいしたことじゃありません」

「そうですか」

田島は、頷いたものの、相手の態度に、何となく信用の置けぬものを感じた。

4

田島の予感は、その日の夕方、バー「黒猫」を訪れてみて、当たっていたのがわかった。店のマダムが、昨夜、被害者の来たことを認めてから、その時村松晋吉も一緒だったと、いったからである。

「誘ったのは、どうやら村松さんのようでしたよ」

と、マダムは、いった。

(畜生)

と、田島は思った。村松の口からはそんなことは、一言も、出なかったではないか。

「二人は、どんな話をしていたか、憶えていないかね?」

田島は、煙草に火を点けてから訊いた。

「お金の話ですよ」

と、マダムは笑った。

「金?」

「ええ。村松さんの方が、死んだ太田さんから五十万ばかり借りていたようですよ。昨夜は、何とか、返済期限を伸ばして貰おうと、いろいろ頼み込んで

いたようですけど、太田さんの方が、聞かなくて
――」

「それで？」

「最後は喧嘩別れですよ。村松さんの方が、先に、店を飛び出して」

「時間は？」

「村松さんが帰ったのが十時半頃。それから二、三十分して、太田さんが帰ったんですよ」

「村松晋吉が、被害者から金を借りていたのは、確かなのかね？」

「確かですわ。村松さんが、あたしに、こぼしたことがありましたもの」

「何を？」

「同業者仲間なのに、高利貸なみの利息を取るって」

「高利貸なみのね」

田島は、固い声で呟いた。これで、村松晋吉にも、立派な動機があったことになる。というより、彼が一番怪しいのではないか。

（何が、ただの同業者に過ぎないだ）

田島は、自然に苦笑が浮ぶのを感じた。昨夜の電話も、同業者の集まりのことなのではなく、借金の督促だったに違いない。

田島は、「黒猫」を出ると、近くにある「魚辰」という魚屋を訪ねた。若者が二人、客を相手に商売をしている。田島は、客の姿が消えるのを待って、

「平沢君というのは？」

と、二人の顔を見た。

「僕ですが、何か用ですか？」

背の高い、細面の若者の方が、顔を突き出すようにした。魚の匂いがした。田島が、警察手帳を見せてから、太田信次の名前を口にすると、平沢は、事

件のことは、ラジオで聞いて知っていると、いった。成程、店の隅に、トランジスタラジオがぶら下っている。

「君は、女のことで、太田信次と一悶着あったそうですね？」

田島が訊くと、平沢は口元を歪めた。村松晋吉の話は本当だったらしい。

「昔のことですよ」

平沢は、吐き出すようにいった。

「あの女のことは、忘れました」

「忘れたという顔には見えないがね」

「そんなことは――」

「とにかく、昨夜の行動を話して貰えないかね。店が終わったのは？」

「九時半です」

「それから？」

「飲みに行きましたよ」

「何処へだね？」

「この近くの屋台です」

「それで？」

「酔っ払って、アパートへ帰りましたよ。この裏にある平和荘というアパートです」

「アパートへ帰った時刻は？」

「十二時頃だったと思いますよ。雨が降り出して来たんで、あわてて帰ったんです」

「十二時まで、屋台で飲んでいたのかね？」

「飲んでいたのは、十時半頃までです。そのあと、ぶらぶら、川っぷちを歩いていたんです」

「この寒い時にかね？」

「いけないんですか？」

平沢は、怒ったように、顔を赧《あか》くした。

5

田島が、捜査本部に戻ると、矢部刑事は先に帰っていた。

「的場という男に会って来ました」

と、矢部はいった。

「村松のいった通り、被害者を恨んでいたようです。事件のことを知って、あんな男は殺されるのが当たり前だと、いってましたから」

「アリバイは、どうなんだ？」

「それなんですが」

矢部刑事は、当惑した表情になった。

「昨夜は風邪を罹《ひ》いたとかで、夜警の仕事を休んでいるんです。昼間の仕事から帰ってくると、蒲団を敷いて寝てしまったというんですが、それを証明するものは、何もないんです」

「風邪は？」

「咳はしていましたが、熱があるようには見えませんでした。石を持ち上げるくらいの元気は、充分にあるようでした」

「すると、アリバイは、曖昧というわけか」

田島は、苦笑した。彼が調べた、平沢という若者にしても、村松晋吉にしても、同じように、アリバイが曖昧だったからである。田島は、魚屋を出てから、もう一度、村松運送店を訪ねたのだが、村松は、平身低頭して、嘘をついたことを詫びたが、犯行についてはあくまで、否認している。店の者の話では、雨が降り出す少し前に帰宅したということだった。犯行現場に行く時間は、充分にあるが、それだけで、犯人と断定することは出来ない。

その夜遅く開かれた捜査会議でも、この三人が、容疑者として、皆の口にのぼった。

「問題は、この三人の誰にも、確固としたアリバイがないということだ」

と、主任がいった。

「一人にしぼっていくのが難しいな」

「目撃者がいると助かるんですがね」

巡査部長が、低い声でいった。

「昨夜は、どんよりと曇っていましたから、目撃者があるとは、ちょっと、考えられませんがね」

「しかし、犯人と被害者の声を聞いた者はいるかも知れません。あの空地の周囲には、家が並んでいますから」

田島が、現場の地形を思い出しながらいった。しかし、彼もあまり期待が持てるようには、考えていなかった。もし、目撃者なり、不審な物音を聞いた者があるのなら、捜査本部へ連絡があっていい筈だからである。

「とにかく、目撃者を探すことと、この三人を、もう一度、調べ直してみることにしよう」

最後に、主任がいい、それが会議の結論になった。

翌日、田島は、矢部刑事と、現場の近くの家を戸別に当たって廻った。思った通り、どの家でも、犯行のあった時刻には、寝てしまっていて、何にも気付かなかったというのである。まだ三月である。十一時頃に起きていて、外の様子に気を配っている家がある方が、訝しいのかも知れない。

二人は、次第に失望を感じて来たが、六軒目に訪ねた家で、高校二年になる少年から、妙なことを聞いた。

「十一時頃、窓を開けて、空地の方を見た」

と、いうのである。

「試験勉強をしていて、疲れたんで、窓を開けたんです」

「それで？」

「真暗で、何も見えませんでした。だけど、急に、蛍の光みたいなものが見えたんです」

「蛍の光？」

田島は、矢部刑事と顔を見合わせた。三月に蛍が飛ぶ筈がなかった。しかし、少年は、蛍の光としか考えられないと主張した。

「二、三秒見えて、すぐ消えてしまったんです。黄色く、ぼうッと光って」

「マッチの火じゃないでしょうか？」

矢部刑事が、田島に囁いた。

「マッチの火だとすると、それは犯人が点けたということになります。被害者は、煙草は吸わなかったということですから」

「どうだね？」

と、田島は、少年の顔を見た。

「君が見たのは、マッチの火じゃなかったのかね？」

「さあ」

と、少年は首をかしげた。わからないというのである。田島は、実験をしてみるより仕方がないと思った。

その夜、田島は、少年に窓を開けて貰い、死体のあった場所に立って、マッチを摺ってみた。

「違います」と、少年はいった。

「そんな赤い光じゃありません。もっと黄っぽいんです」

「黄色か――」

田島は、同行した矢部刑事に命じて、今度は小型の電灯を点けさせた。二、三度点滅させてから、少

年の顔を見ると、今度も、

「違います」

と、首を横に振った。

「懐中電灯みたいな、光の線は見えませんでした。だから、蛍の光みたいと、いったんです」

「しかし、この寒さで、蛍が飛んでいるはずがない」

田島は、ぼそぼそした声でいった。

結局、実験は失敗した。少年は、蛍の光だといって譲らず、田島と、矢部刑事は失望して、捜査本部に戻った。

6

この少年の他に、事件の目撃者は、現われなかった。少年にしても、事件を目撃したとは、いい切れなかった。ただ単に、事件の発生した十一時頃に、窓を開けて空地の方を眺めたと、いっているだけなのである。犯人も被害者も、見たわけではなかった。

「あの子の証言は、事件とは関係ないように思いますが」

と、矢部刑事は、田島にいった。

「第一、今頃、蛍の光を見たということからして、信用が置けませんからね」

「蛍と断定しているわけじゃないよ」

「しかし、マッチの光でも、懐中電灯の光でもないというんですから、まさか、猫の眼でもないでしょう？　それなら事件とは何の関係もなくなってしまいますからね」

「蛍は、本当に、まだいないかね？」

「いませんよ」

矢部刑事は苦笑した。

「それに、万一、蛍がいて、それを見たのだとしても、事件には関係がありません。少年の見たのが、マッチか煙草の火か、あるいは、懐中電灯の光だったら、事件の参考になるんですがね」

「そりゃあ、そうだが――」

田島は、はっきりしない調子でいった。矢部刑事のいう通りなのだが、少年の証言を、このまま捨ててしまうのが、何となく惜しい気がしたからである。しかし、冷静に考えてみれば、妙な少年の言葉に、固執しているわけにもいかなかった。

田島は、少年のことは忘れることにした。

捜査は、三人の容疑者の身辺を、あらうことに集中された。平沢が事件当夜、飲みに寄ったという屋台も調べてみた。村松晋吉の評判も聞いて廻った。的場が、本当に風邪で寝ていたのか、アパートの住人の一人一人に当たってみた。

しかし、捜査は、はかばかしく進展しない。屋台の主人は、十時半頃まで、平沢が飲んでいたことは認めたが、それ以後のことは知らないという。村松の評判は、余り良くはない。五十万の返済は難しいことだったようだ。的場については、アパートの住人達は、余り親しくしていなかったので、事件当夜、部屋にいたかどうかわからないというだけである。結局、三人のアリバイは、はっきりしないのである。

三人の誰にも、充分な動機がある。石で被害者を殴り殺すだけの体力もある。

しかし、アリバイの点から、三人をしぼっていくことは出来ないのだった。

田島が、がっかりして、捜査本部に戻ってくると、留守番をしていた若い刑事が、

「田島さんに、電話がありましたよ」

と、いった。

「河井明と、いっていましたが」

「河井明――？」

田島は、聞き直してから、それが、蛍の光を見たという少年の名前だったことを、思い出した。

「何だって？」

「田島さんがいないというと、また後で電話するといってました。何か、わかったとかいってましたが」

「わかった――？」

「ええ」

「電話が掛って来たのは、何時頃だね？」

「一時間ばかり前です」

田島は、腕時計に眼をやった。針は七時を指していた。

「わかった――？」

田島は、もう一度、その言葉を口の中で繰り返してみたが、それだけでは、何のことかわからない。

田島は、暫し考えていたが、立ち上がると少年の家を訪ねてみる気になった。

少年は家にいなかった。応待に出た母親は、今日は日曜なので、午後から映画を見に出かけたまま、まだ帰らないのだといった。とすると、警察への電話は、外から掛けて来たものらしい。

「何処の映画を見に行ったかわかりませんか？」

と訊くと、駅前にある名画劇場だという。

田島は、それだけ聞いて、捜査本部に戻ったが、部屋に入ると、矢部刑事が蒼い顔で、田島の腕を摑んだ。

「殺《や》られました！」

「殺られたって、誰が？」

「あの少年です。河井明です。川の傍で」

「河井明が――」

田島は、呆然として、矢部刑事の顔を見た。

7

少年は、背後から、刺されて死んでいた。凶器は鋭利なナイフらしい。血は余り出ていなかった。

現場は、繁華街の裏手にあたる寂しい場所である。死体に取りすがって泣く、母親の姿を見ながら、田島は、暗い眼になっていた。

「前の事件と関係があるんでしょうか?」

矢部刑事が訊いた。次第に人垣が厚くなり、新聞記者の焚くフラッシュが、川面《かわも》を照らし出した。

「五分五分だな」

田島は、慎重ないい方をした。

「与太者《よたもの》に喧嘩を売られて、刺されたのかも知れない。太田信次を殺した犯人が、少年に目撃されたと思って、消したのかも知れない」

「後者だとすると、少年が掛けて来た電話が問題になりますね」

「その通りだが、わかったというだけじゃ、何のことか見当がつかないよ」

「まさか、犯人がわかったということじゃないでしょうね?」

「違うだろう。第一、少年は、蛍の光を見たというだけで、犯人も被害者も見てはいない。それに、新聞には、容疑者の名前も発表してはいないからね」

「そうなると、与太者に刺されたということですか?」

「いや、そう考えたくないんだ。勘だがね。何となく、前の事件に関係があるような気がするんだよ」

田島は、捜査本部に戻ると、少年の電話を受けた若い刑事に、もう一度、その時のことを、訊いてみた。

「何とか思い出して欲しいんだが、少年がいったのは、わかったということだったかね？」

「それに、あとで、また電話すると、いっただけでしたが――」

刑事は、生真面目な顔でいった。

「他には、何も――」

「そうか」

田島が、がっかりして、腰を落したとき、若い刑事は、「ああ」と小さな声をあげた。

「これは、独り言みたいでしたが、何でも、映画を見ていてわかったんだとか、いってました」

「映画？」

田島は、少年の母親の言葉を思い出した。彼女は確か、少年が、午後から映画を見に、出かけたと、いっていた筈である。駅前の名画劇場だったと憶えている。

「映画館へ行ってみよう」

田島は、矢部刑事に、いった。

「映画ですか？」

きょとんとした顔で訊き返す矢部刑事に、

「駅前の名画劇場だよ」

と、投げつけるようにいって、席を立った。

8

名画劇場は、収容人員三百人足らずの、小さな映画館である。料金は百円で、学生に人気があると、田島は聞いていた。

上映している映画は、黒沢明の「天国と地獄」、それに短篇漫画だった。最終回がちょうど始まろうとしていた。

田島と矢部刑事は、看板を見上げた。田島は、この映画を見ていなかった。この映画と限らず、捜査に追われて、ここ一、二年、映画はほとんど見ていない。

「君は?」

と、矢部刑事に訊くと、彼も、「天国と地獄」は見ていないという。

「河井明は、この映画を見て、何かに気がついたんでしょうか?」

「そんなところだろう。とにかく、入ってみようじゃないか」

田島は、矢部刑事を促して、館内へ入った。日曜日のせいか、かなり混んでいて、空いた席は見当たらない。二人は、後の壁に寄りかかってスクリーンに眼をやった。

最初は、ディズニーの短篇漫画だった。田島も知っているドナルドダック物で、河井明が、この漫画から、何かのヒントを得たとは思えなかった。

漫画が終わると、すぐ「天国と地獄」が始った。田島は緊張して、スクリーンに見入った。何が、少年に「わかった」といわせたか、それを画面から掴みたいと思ったからである。

「天国と地獄」は、誘拐を主題《テーマ》にした映画である。子供が誘拐され、それを刑事が追って行き、最後に、犯人逮捕で終るのだが、田島は、筋よりも、場面場面に、注意を引かれた。何処かで、少年は、何かを掴んだ筈なのである。ちょっとした、何気ない場面にも、田島は、神経を集中していた。

やがて映画が終った。場内が明るくなり、客が席を立ち始めたが、二人は、疲れた表情で、暫くは壁に寄りかかっていた。

「何かわかったかね？」

田島は、矢部刑事を見た。

「いえ」

と、矢部刑事は、首を横にふった。

「この映画と、事件とは、全然、似ていません。少年は、いったい、この映画を見て、何を掴んだんですかね？」

「僕も、それを知りたいんだが――」

「しかし、この映画は駄目ですよ。何のヒントにもなりませんよ」

「確かに、事件の参考になるようなシーンはなかった。なかったがね。しかし、河井明は、映画を見ていてわかったと、いったんだ」

田島は、まだ、電話の言葉に拘泥《こだわ》っていた。河井明の死が、前の事件に繋がっているのだという気持が強かったためである。同一犯人の仕業ならば、どうしても、少年が何を得たかを知りたいと思うのである。

（しかし、河井明は、映画から何を掴んだのか？）

それが、一向にわからない。捜査本部に戻ってからも、疑問は続いたが、答は見つかりそうになかった。

二つの事件が、同一犯人の犯行と考える意見は、捜査本部内では少なかった。

「河井明が、本当に、事件の目撃者なら、そのために消されたという考えも成り立つがね」

と、主任は、難しい顔で田島にいった。

「彼が見たのは、蛍の光らしいというだけだし、それだけなら、犯人は痛くも、かゆくもない筈だ」

「しかし、河井明は、電話をかけて来た直後に、殺されています」

「だが、君は映画を見ても、何もわからなかったんじゃないのかね？」

「そうですが、どうしても、まだ引っかかるんです」

田島は、固い声でいった。彼は、もう一度、名画劇場に行ってみようと考えていた。

9

河井明の死亡時刻は、解剖の結果、七時から八時までの間とわかった。捜査本部へ電話して来た一時間か二時間後に、殺されたことになる。そのことが、田島の気持を、一層苦《にが》いものにした。あの時、田島が本部にいて、すぐ少年に会っていたら、彼は死なずに済んだかも知れない。そう考えることが、田島に、二つの事件の関連性を確信させることにもなった。しかし、証拠はない。

田島は、その証拠を摑みたいと思った。そのためには、どうしても、河井明の電話の内容をはっきりさせなければならない。「わかった」という言葉が、もし、少年が事件の目撃者であることの証拠だったら、二つの事件は結びつき、犯人を割り出すことが可能になるかも知れない。

（問題は、少年が見た蛍の光の正体が、何であったかということだ）

（そして、少年が、映画を見て、何を感じたかということだ）

この二つの疑問に答を見つけだすためには、やはり、もう一度、名画劇場に足を運ぶより方法はなかった。

「行ってみようじゃないか」

翌日、田島は、あまり自信のない調子で、矢部刑事を誘った。

「もう一度、あの映画を見たところで、何か摑めるという確信はないんだが、気になるんでね」

「二日続けて映画を見るなんて、刑事になって以来、初めてです。悪くないですよ。同じ映画なのが、ちょっと残念ですがね」

矢部刑事は、にやッと笑って見せたが、名画劇場の前までくると、その笑いは、顔から消えていた。田島も、難しい顔になって、中へ入った。

昨日と違って、観客の数は少なかった。二人は、中ほどの座席に並んで腰を下した。すぐ、映画が始った。ストーリィは、昨夜見たばかりなので、宙《そら》で憶えている。田島と矢部刑事は、動物標本でも見るような、冷静な眼で、スクリーンを眺め続けた。一場面のどんな小さな光景や、俳優の動きも見逃がすまいとした。河井明が、この映画からヒントを得たのなら、自分にも、それがわからぬ筈がないと、田島は思う。そう思って、見ていたのだが、何のヒントも得られぬままに、また、映画は終ってしまった。

明るくなった場内で、二人は、黙って顔を見合わせた。

「出ますか？」

しばらくしてから、矢部刑事が、ぼそッとした声でいった。田島は、頷いて腰を上げたが、すぐ、また、坐り込んでしまった。

「もう一度だけ、見てみたい」

と、田島は、いった。

「それで駄目だったら、この線は諦めることにする」

「僕も、つきあいますよ」

矢部刑事も、上げかけていた腰を下した。

五分の休憩のあと、二回目の映画が始った。短篇漫画が終って、いよいよ「天国と地獄」の字幕が現われた時である。ふいに、矢部刑事が、田島の腕を強い力で、引っ張った。

「わかりましたよ」

と、彼がいった。押さえた声だが、それでも上ずっているのがわかった。

「わかった？　『天国と地獄』は、まだ始っていないぞ」

「問題は、映画じゃないんです。あれを見てください」

矢部刑事は、スクリーンからの淡い反射光の中で、「禁煙」と赤ランプの点いている辺りを指さして見せた。

「禁煙の右にある時計です」

「あッ」

と、田島は小さな声を上げた。場内の時計は、暗い中でも見えるように、文字盤に夜光塗料が塗ってある。それが、黄色く光っているのである。数字の一つ一つが、蛍の光に見えないこともなかった。

「出よう」

田島は、低い声でいって、席を立った。

10

「河井明は、やはり事件の目撃者だったんだ」

捜査本部に向って戻りながら、田島がいった。

「彼が蛍の光といったのは、腕時計の夜光塗料の光だったんだ」

「被害者が嵌めていた腕時計には、確か、夜光塗料が塗ってありませんでしたね」

「そうだ。だから犯人の時計だ。普通なら、時計は、上衣の袖にかくれて見えない。しかし、犯人は、石を振り上げて、被害者を殴り殺している。その時、腕時計が覗いたんだ。河井明が、二、三秒見えて、すぐ消えてしまったといっているのが、それを裏付けしている。腕を振り下した時、夜光時計が袖にかくれて見えなくなったんだ」

「あの三人の中で、夜光時計を持っている男が、犯人ということになりますね」

「ああ。僕には、だいたい、誰かわかるような気がする」

「誰です？」

「夜光時計は、普通の人間は、あまり持っていないものだよ。魚屋で働いている平沢が、仕事で必要とは思えない。運送店の主人の村松晋吉にも、夜光時計は、必要ないだろう。まさか、愛人のところへ遊びに行くために、夜光時計が必要になる筈もないからね」

「三人目の的場は、夜警をやっていました」

矢部刑事が、ひとりで頷いた。

「夜警なら、夜光時計が必要かも知れませんね」

「その通りだよ」

田島は、歩きながら、矢部刑事に微笑して見せた。

「犯人は、的場に、間違いないと思う」

その日の午後、的場は逮捕された。夜光塗料を塗った時計は、身につけていなかったが、友人の証言で、事件の日まで、嵌めていたことが確かめられた。

川浚いが行われ、的場のイニシャルの入った夜光時計が発見された時、彼は、太田信次並びに、河井明の殺害を自供した。

うらなり出世譚

1

小さい時から、あわて者で、損ばかりしている——というのは、夏目漱石の小説に出てくる「坊ちゃん」のことだが、田賀根晋吉は、子供のときから気が弱くて、損ばかりしていた。

生れたときに、標準の三分の二くらいの体重しかなく、医者は、無事に育つかどうか判りませんよと、母親のキクを脅した。

三歳のときには、風邪から肺炎になり、危く命を落とすところであった。

五歳のときには、原因不明の熱病にかかり、治っても、障害が残るかも知れないと、医者が、匙《さじ》を投げかけた。

十歳のときには——いや、もう止《や》めておこう。こんなことを書いていったら、際限がないのである。身体が弱い上に、気も弱かった。子供の頃につけられた綽名《あだな》が、「青びょうたん」で、大人になってからは、「うらなり」になった。どっちにしても、余り名誉な綽名ではない。

田賀根晋吉は、大正八年九月三日、日暮里《にっぽり》に生れた。雨の降る、じめじめした日であった。ひょっとすると、日が悪かったのかも知れない。

家は、小さな菓子屋であった。父親の名前は、田賀根徳太郎。古い職人気質《かたぎ》の人間だった。それに、気性の荒い人間の多い下町である。気の弱い少年にとっては、あまり楽しい時代でも、生活でもなかった。

年号が昭和に変った年の四月、晋吉は、日暮里第一小学校に入校した。

小学生の頃、同級生から、泣かされた記憶だけが、やたらに多い。同級生だけではない。五年のときには、近所の三年生に殴られて、めそめそ泣いたことさえある。さすがに恥ずかしくて、ないしょにしていたが、いつの間にか、みんなに知れ渡ってしまい、「いくじなし」という評価は、決定的なものになってしまった。

子供にとって、「いくじなし」といわれるくらい、辛い、情けないことはない。晋吉にとって、子供の頃の記憶は、屈辱の歴史だった。

泣かされたことはあっても、相手を泣かした記憶がない。

「向うさんから苦情を申し込まれることがなくて、いいいや」

と、徳太郎は、苦笑したが、職人気質の父親が、晋吉のことを、持て余していたことは確かである。

学校で、体操の時間が、一番苦手であった。腕立てふせは、一回がやっとであったし、鉄棒には、ぶら下ったまま、どうすることもできなかった。

運動会では、常に、ビリであった。徳太郎は、「張り合いがない」といって、一度も、運動会に、顔を見せなかった。

雷が鳴り出すと、押入れにもぐって、震え出し、お化けの話を聞いた日は、ひとりで便所へ行けなかった。これは、大人になってからも、たいして変らない。情けない話である。

「こんなことじゃあ、先が思いやられるよ」

と、徳太郎は、晋吉の顔を見る度にいった。

悪いことに、晋吉には、出来のいい兄貴がいた。愚弟には賢兄がいるものと、どの家庭でも相場が決っているものらしい。兄の徳一は、四つ年上で、晋吉とは逆に、頭も良かったし、身体も頑健であった。気性も強い。

身に憶えのある方もいるだろうが、何が情けないといって、身内の誰かを引き合いにして、説教されることぐらい情けないことはない。なにしろ、お手本が、年がら年中、傍にいて、そいつの顔を見ていなければ、ならないからである。

徳一は、中等学校に進んだ。下町の職人の息子で、中等学校へ進むというのは、珍しい時代であった。それだけ、徳太郎やキクが、徳一に期待をかけていたのが、判るのである。

晋吉は、昭和八年、高等小学校を卒業した。勿論、兄のように、中等学校へ進ませてはくれなかった。

「お前のような、いくじのない人間が、学問を身につけても、邪魔になるだけだ。それより、何とか、職を身につけた方がいい、そうしないと、ひとりじゃ、生きて行けんようになるぞ」

と、父親の徳太郎が、いった。

晋吉自身も、上の学校へ行きたいという気持は、なかった。勉強は苦手《にがて》だし、同級生にいじめられるのも、もう嫌である。

高等小学校を卒業した年に、晋吉は、親戚の菓子職人の手にあずけられた。数え年で十六歳。満で十四歳と五か月の時である。

2

「日の出屋」という、日本橋にある菓子屋だった。

母親のキクは、晋吉を、あずけることに、反対だった。

「気の弱いあの子に、つとまる筈がありませんよ」

と、キクは、いったが、徳太郎は、他人の飯を喰えば、少しは、根性がつくだろうと、考えたらしい。しかし、キクの不安の方が、当っていた。

一か月もしないうちに、晋吉は、菓子職人の叔父につれられて、家に戻ってきた。

「こんな不器用な人間は、いねえよ」

と、叔父は、徳太郎に、いった。

「飯を炊かせりゃあ、焦がしちまうし、雑巾がけさせりゃあ、板の間が、びしゃびしゃだ。飴を作らせりゃあ、何度いっても、砂糖の入れ具合を間違える。そりゃあ、これから修業していけば、少しは、良くなるかも知れねえが、肝心の根性がねえ。この子には、何くそって根性が、丸っきりねえんだ。これじゃあ、どうしようもねえよ」

徳太郎は、情けなさそうな顔で、だまって、聞いていたが、叔父が帰ると、

「情けねえよ」

と、ぼつんと、いった。

晋吉は、そんな父親の顔を、恐しいものでも見るように、盗み見ていた。自分でも、自分が情けなかった。

徳太郎は、あきらめずに、知人に頼んでは、晋吉を、奉公に出した。が、どこでも、二月《ふたつき》と続かなかった。断わられる時の口上は、どこでも同じであった。

「こんな不器用な人間は見たことないね。それに、根性がねえ。これじゃあ、いい職人になれる道理がねえ」

そういうのである。

そうこうしているうちに、晋吉は、胸をやられてしまった。

晋吉は入院した。昭和十年の夏のことである。蒼い顔で、ベッドに寝ている晋吉の姿は、ますます「うらなり」めいてきた。

まだ、結核の特効薬のなかった時代である。静養だけが、薬であった。晋吉は、丸二年間、古ぼけた病院で、過ごした。昭和十年から十二年までである。

晋吉が入院している間、世の中は、急激に動いていた。

昭和十年十月には、イタリアが、エチオピアと戦争を始めた。

昭和十一年二月には、血生臭い二・二六事件が発生した。

昭和十二年七月六日。晋吉は、退院して、家に帰った。晋吉は、十七歳になっていた。

そして、翌日、日本と中国の間で、戦争が始った。

晋吉には、日本が、どうなって行くのか、丸っきり見当がつかなかった。ただ、判っていたのは、自分のような、身体の弱い、気の弱い人間には、益々住みにくい世の中になって行きそうだということだけだった。

3

晋吉は、家で、ぶらぶらしていた。

徳太郎は、諦めたとみえて、他人の飯を喰ってこいとは、いわなかった。

二十歳の時に、徴兵検査を受けた。丙種で不合格であった。

いかめしい軍服姿の係官は、晋吉に向って、

「貴様にとっては、誠に残念であろうが、御国に御奉公する道は、他にもあるのだから、がっかりせんように」

と、いった。晋吉は、「はい」と、いったが、別

に残念とも思わなかった。むしろ、兵隊にとられないと判って、ほっとしたくらいだった。

軍隊生活が、どんなに厳しく辛いものであるかは、晋吉も、いろいろと聞かされていた。あんなところへ入れられたら、忽《たちま》ち、死んでしまうと、晋吉は、恐怖に襲われていたのである。

丙種不合格といわれたとき、晋吉は、これで助かったと、思ったくらいである。

家に帰って、検査の報告をすると、徳太郎は、

「情けねえ」

と、いい、母親のキクは、黙って、眼をしばたいた。

晋吉の情けない生活に比べて、兄の徳一は、快適な、生活を続けていた。

徳一は、中等学校を卒業すると、光学機械を作っている会社で働くようになった。背広を着た月給取りである。

「奴は、ハイカラさんの仲間入りをした」

と、徳太郎は、近所の人達に、触れて歩いた。

徳一は、言葉つきまで、変ってきたようだった。晋吉は、兄と自分の間に、大きな差が出来てしまったのを感じた。前から頭の上らない兄だったが、背広姿の兄を見ると、ますます、頭が上らなくなってしまった。

徳一は、二十六歳の時、結婚した。花嫁は、同じ会社の部長の娘だった。

「たいした出世だ」

と、徳太郎は、大喜びだった。

「あいつは、見込まれたんだ。たいしたもんだ」

それに比べて、むだめしばかり喰っているお前は——というように、徳太郎に見られると、晋吉は、穴があったら、入りたい恥ずかしさを感じない

わけには、いかなかった。

昭和十五年の秋に、徳一の結婚式が行われた。六月には、フランスがドイツに負け、八月には、国民精神総動員本部という厳めしい所から、冠婚葬祭は、なるべく質素にやるようにという指示が出ていたが、裏には裏があるらしく、金のかかった贅沢な結婚式であった。

金を出したのは、勿論、花嫁の家の方である。

会社が、軍用双眼鏡や、探照灯などを作っていたせいで、式には、軍人の顔も見えた。

晋吉も、兄から貰った背広を着て出席した。身体の頑健な兄の背広なので、晋吉には、だぶだぶであった。そんな恰好を見て、式場の受付けをやっていた男が、にやにや笑った。

父と母は、ただ感激していた。立派な家につながりが出来たと、喜んでいるのである。

晋吉は、ただ、花嫁の美しさに、感動した。

働きのない晋吉に、進んで接触してくるような女はいない。彼が知っている女といえば、たまに、金のある時に、洲崎《すさき》で遊んだ女だけである。それも、たった一度しか遊んでいない。

兄と一緒に並んでいる女性を見たとき、晋吉は、「世の中に、こんな美しい女がいるのか」と、驚いた。

兄が羨ましかった。嫉妬した。

(俺も、あんな女と、結婚したい)

と、思ったが、出来そうもないとも思った。

(このままじゃあ、どんな女性も、嫁に来てくれやしねえ)

とも、思う。

出世したい。出世して、あんな綺麗な女を嫁に貰いたいと、晋吉は、思った。本気で、出世したいと、考えたのは、この時が最初だった。

（だが、俺みたいな、うらなりに、出世できるだろうか？）

自信はない。全然、なかった。

結婚式の帰り、浅草に出た晋吉は、八卦見《はっけみ》に、占って貰う気になった。

あまり、当たりそうもない、ひねこびた老人の易者だった。

「俺が出世できるかどうか、見て貰いたいんだ」

と、晋吉は、いった。

易者は、狐みたいに細い眼で、晋吉の顔を、ジロジロ見廻した。

「どうかねえ」

「何の才があるかな？」

「サイ――？」

「何か特技を持っているかということだ」

「そんなものは、何も持ってない」

「金は？　資産にめぐまれておるかな？」

「金なんか、ありゃあしない」

「気概は？」

「キガイ？」

「千万人といえども、吾行かんの気概だ。心意気のことだよ」

「俺は、誰からも、いくじなしといわれてる。自分でも、そう思ってる」

「才なく金なく、気概なく、それでも出世したいか。難しい望みだな」

「駄目かね？」

「いちがいに、駄目とはいえん。人には、それぞれ運命というものがある。立派な才能があり、金にもめぐまれ、強い気性の持主であっても、運命には逆らえん。逆に、凡人でも、時には、位人臣《くらいじんしん》を極めることがある。これが運命というものだ」

「じゃあ、俺の運命を、占ってみてくれ」

「よろしい。だが高いぞ」

「当たるんなら高くたって構わない」

「当たる」易者は、細い眼で、晋吉を見た。

「お前さんはいい時に来た。今なら当たる」

「当たる時と、当たらない時があるのかね？」

「当たり前だ。心の澄んでいる時に占えば必ず当たるが、雑念のある時には、どんな名人でも失敗する。これを占機というのだ」

「それじゃあ、今は、いい時だってことだね」

「うむ。自分でいうのも可笑《おか》しいが、気が澄んでいる。お前さんは果報者だ」

「へえ」

「それでは、占ってあげよう」

易者は、勿体ぶった様子で、筮竹《ぜいちく》を、手に取った。

晋吉は、だまって、易者の手もとを眺めていた。易者は、筮竹を動かしてから、今度は算木《さんぎ》を卓に並べて、暫くの間、じっと、眺めていた。

「どうですか？」

「お前さんの運は強くはない。人間として欠点がありすぎるようだね」

「知ってるよ」

晋吉は、うそ寒い顔で、いった。

「それでも、お前さんは、出世したいと思ってる？」

「ああ。出来るんならね」

「卦は、天雷无妄《むぼう》と出ている。成り行きに委せれば、いつかは、道が開けるということだ。いいかね。お前さんには、力がない。欠点だらけの人間だ。それが、下手《へた》に盲進すれば、忽ち破滅してしまう。どんな苦しいことがあっても、じっと我慢して、成り行きのままに生きて行くことだ。そうすれば、お前さんの欠点が、逆に、お前さんを助けることになる」

「俺の欠点が、助けになるって、一体、何のことだね？」

「その時になれば判る」

「その時って、いつのことだね？」

「そこまでは判らん」

易者は、怖い顔で、いった。

「その時になれば、合点がいくことだ。だが、そう遠くはない」

「俺は出世できるのかね？」

「その時の、お前さんの考え方次第だ。その時に、お前さんが悟ることが出来れば、出世できるだろう」

「悟れなかったら？」

「一生、無駄飯喰らいで終る」

易者は、素気なくいって、「見料」と汚い手を差し出した。

4

晋吉は、欺《だま》されたような気がした。

何やら、出世できるようなことをいったが、それが、いつのことか、はっきり判らない。それに、欠点が助けになるというのも、よく判らなかった。

(そんなことが、あるだろうか？)

ある筈がないと、思うのだ。今日まで、晋吉は、自分の不器用さや、気の弱さや、身体の弱さのせいで、損ばかりしてきた。不器用で、得をしたことなど、一度もない。気が弱くて、得をしたこともないし、身体が弱くて得をしたこともない。これからだって、同じことだと、晋吉は、思った。

(あの易者め。いい加減なことばかりいいやがる)

晋吉は腹が立ってきた。お前さんは果報者だ」などと、いわれた時に来た。お前さんは果報者だ」などと、いわれただけに、余計に、腹が立ってくるのである。

時代も、易者の予言とは、反対の方向に、動いて行くようだった。

兄の徳一が、家庭を持った翌年、昭和十六年の末に、太平洋戦争が始った。

景気のよいニュースが、毎日のように、新聞に載った。子供たちは、みんながみんな、「強い兵隊さん」になりたがる時代だった。

強い人間が、もてはやされた。晋吉にとっては、ますます肩身がせまい世の中になってきた。

肩身がせまいだけではない。家で、何もせずに、ぶらぶらしていると、怪しまれて、警察に、引っぱられる時代だった。

父親の徳太郎は、晋吉を、菓子職人ということにして、自分の店で働かせていた。が、とうてい、一人前の働きはできない。ぶらぶらしているのと大差はなかった。

そのうちに、菓子の原料も、入らなくなってきた。主食の米さえ、以前から配給制になっていたし、生活必需物資統制令という厳めしい法律も、できていた。

小さな菓子屋は、やっていけない時代が、来ていた。

昭和十七年の初めは、二月十五日に、シンガポール占領などがあって、まだ景気が良かったが、夏を過ぎるあたりから、何となく、暗い空気が見え始めた。

新聞に、初めて、「転進」という言葉が、現われた。言葉は、転進だが、敗北が始ったのである。

その年の末のことである。

母のキクが、蒼い顔で、徳太郎に、いった。

「徳一に、とうとう赤紙が来たそうですよ。今、電話で、知らせて来ました」

「来たか――」

と、徳太郎は、複雑な顔でいい、何となく、傍にいる晋吉を見た。

晋吉は、顔を赧《あか》くした。父親の眼が、「お前のような奴には、赤紙が来ることもあるまい」と、いっているように見えたからである。

兵隊に行けない人間は、肩身のせまい時代だった。

徳一の出征祝は、会社の人達も集って、盛大に行われた。

晋吉も、出席した。そこで、晋吉は、また、義姉の美しさに打たれた。

義姉の美津子は、流石《さすが》に、蒼白い顔をしていたが、言葉使いも、応待も、きりッとしていた。

(立派な女だ)

と、晋吉は、軍服姿の兄よりも、美津子の姿に眼がいってしまった。改めて、兄の徳一が、羨ましくなった。

宴が、少し乱れかけた頃、徳一が、晋吉を呼んで、廊下に連れ出した。

「あとのことは、頼むぞ」

と、徳一は、改まった声で、いった。

「お前なら、応召されることも、あるまいからな」

「兄さんは、俺を軽蔑してるんだろ？」

「いや。こんな時代では、お前のような弱々しい人間の方が、長生きするような気がするんだ。だから、お前に頼むのだ」

「俺みたいな男には、何も出来やしないよ」

「そうかも知れん」

徳一は、微笑したが、その笑いは、温いものだった。

「だから、お前は、生きのびることが出来ると、俺は、思うんだ。俺は、美津子と結婚して、会社のお偉方と、つきあいが出来るようになった。そのおかげで、いろいろと、戦争の裏話も聞くんだが、今度の戦争は、お前が考えている以上に、大変なものだそうだ」

「大変って？」

「銃を持てる男は、全部、戦線へ行くことになるかも知れん。そして、どんどん死んで行くだろう。だから、お前のような男しか、生き残れないだろうと思うんだ。これは、お前を、軽蔑して、いってるんじゃない。ただ、そんな時代になってしまったということなんだ。だから、お前に、あとのことを頼みたい」

「判ったよ」

と、晋吉は、頷いて見せたが、兄のいう、「あとのこと」というのが、一体、何のことを指しているのか、はっきりしなかった。両親のことだろうか、それとも、美しい美津子のことだろうか——と考えてきて、晋吉はひとりで、顔を赧くした。

それは、恋の感情であったかも、知れなかった。

5

昭和十九年になると、誰の眼にも、戦局が暗く映り始めた。

七月には、サイパンが陥落し、東条内閣が辞職した。十一月になると、B29が、大挙して東京を襲い始めた。

晋吉のところにも、横須賀の軍需工場で働くべしという徴用令状が、届いた。いわゆる白紙である。

「大変なことになった」

と、父親の徳太郎はいった。

「お前みたいな人間が、工場で働けるだろうか」

晋吉にも自信がなかった。しかし、命令通りにしなければ、警察に引っぱられてしまう。その方が怖かった。

「お前には、とことんまで、心配しなけりゃならねえんだな」

徳太郎は、情けなさそうに、いった。母親のキクは、ただ、オロオロして、「怪我でもしなければいいが——」と、そんなことばかり繰り返していた。

「大丈夫だ。心配するな」

と、胸を叩きたいところだが、そんな自信は、晋吉には、ない。工場へ行って、一体、どんなことをやらされるのか、不安でならなかった。

次の日、晋吉は、国防服に、ゲートルを巻き、さつまいもが半分ぐらいまざった弁当を持って、横須賀の工場へ、出かけて行った。

発電機を作る工場である。

「一億一心、火の玉だ」とか、「米英撃滅」といったポスターが、べたべた貼りつけられた入口を入ると、晋吉と同じように、白紙を受け取った男達が、二十名ばかり、集っていた。

吹きさらしの中庭である。集った男達の多くは、四十歳以上の中年者のようであった。

若いのは、晋吉だけである。

晋吉は、一番後に並んだ。話の様子では、どうやら、商店の人間が、ここへ、集められたらしい。恐らく、呉服屋の主人とか、昨日まで、下駄屋で、鼻緒をすげていた職人なのだろう。

どの顔にも、未知の仕事への不安のようなものが、現われていた。それを見て、晋吉は、何となく、ほっとした。不安なのは、自分ひとりでは、ないのだ。

指定の時間より三十分近く遅れて、陸軍の将校と、工場長が、並んで、姿を現わした。

演説したのは、将校の方だった。

最初に、時局講演があった。非常に難しい時局になったが、大日本帝国は必ず勝つと、いったことを、長々と、将校は、喋った。聞いている二十何人かの男達は、寒さに、がたがたと、震えていた。水っぱなを、すすっている者もいた。

将校の演説が終ると、初老に近い工場長が壇に上った。

彼は、何となく、情けなさそうな顔をしていた。こんな素人ばかり集めて貰っても、何の足《た》しにもならないと、思っているのかも知れなかった。

それでも、「しっかりやって下さい」と、いってから、晋吉達をつれて、工場を案内してくれた。

薄暗い工場に入ると、機械の轟音が、晋吉を、おびやかした。天井には、クレーンが動き、機械は、物凄い勢で、鉄を削り取っていた。

晋吉は、気持が悪くなった。こんな所で、俺は、勤まるのだろうかという不安が、晋吉の顔を蒼くした。

一応、見学が終ると、工場長が、「機械をいじった経験のある人は？」と、晋吉達の顔を見廻した。

手をあげたのは、たった一人だった。工場長の顔が、ますます情けなさそうになった。

「じゃあ、他の方には、当分の間、製品の運搬でも、やって貰いましょう」

と、工場長は、いった。

晋吉は、滝田という旋盤工のところに、割当てられた。その工員の手助けをしろというのである。出来上った製品を、所定の場所に運ぶのも、晋吉の仕事らしかった。

滝田というのは、三十五、六の、色の黒い男だった。晋吉が、挨拶すると、

「若いのもいたんだな」

と、不遠慮な眼で、ジロジロ、晋吉の身体を、眺め廻した。

「ふむ」

と、滝田は、鼻を鳴らした。

「その身体つきじゃあ、丙種不合格ってところだな。兵隊には出来ねえんで、こっちへ廻して来たか」

晋吉は、黙っていた。腹が立つよりも、滝田という男が、怖かった。この工場の中では、この男が主人で、自分は、この男に使われているのだという意識が、晋吉を捕えてしまったからである。

滝田は、確かに、主人みたいに、晋吉を顎で、使った。滝田のような熟練工の眼から見ると、徴用されて来た晋吉達は、クズみたいな存在なのかも知れなかった。

「おい。ちょっと、見ててくれよ」

と、昼近くなって、滝田が、ふいに、いった。

「え？」

と、訊きかえすと、

「見ててくれと、いってるんだ」

滝田が、怒鳴った。

機械が、動いている。鋭く尖った刃が、発電機の心棒になる鉄を、丸く削っている。削り取られた鉄

片が、ねじれては、弾け飛んだ。

「どうしたらいいか、俺には、判りませんよ」

晋吉は、悲鳴に近い声をあげた。

「バイトが焼けないように、油をやっててくれればいいんだ」

「バイトって?」

「鉄を削ってる刃のことだ。削り終ったら、機械を止めといてくれ」

それだけいうと、滝田は、便所へ行ってくるといって、姿を消してしまった。

晋吉は、蒼い顔で、機械を眺めた。どうしていいのか判らなかった。

とにかく、油を、刃先に、たらし続けた。

早く、滝田に帰って来て欲しいのに、彼は仲々、戻って来なかった。便所に行ったついでに、何処《どこ》かで、サボっているに違いなかった。


機械の止め方を教えて貰ったのに、思い出せない。削り終えたら、どうしようかと、その不安が、手元の注意を、おろそかにした。

「あッ」

と、晋吉が、悲鳴をあげたのは、その直後であった。バイトの先で、ぱあッと、血が飛び散り、晋吉は、失心して、その場に倒れてしまった。

6

右手の小指が、根元から、もぎ取られてしまったのである。

貧血を起こした晋吉は、近くの丘の上にある病院に運ばれて、手当てをうけた。

工場長が、来てくれたが、見舞いの言葉どころか、

「困ったことをしてくれたね」

と、怒ったような声で、いった。

「お前さんが、くだらないことをしてくれたおかげで、大事な機械が破損してしまった。監督の将校は、かんかんだよ」

工場長の話を聞いていると、どうやら、滝田が、自分の責任をのがれるために、晋吉が、無理矢理、機械をいじらせてくれと頼んだことにしてしまったようだった。

晋吉は、事情を説明したが、工場長は、取り合ってくれなかった。

「申しわけないと思ったら、明日から、ちゃんと働くことだ」

工場長は、苦い顔でいうと、工場へ、戻って行った。

晋吉は、ますます、怖くなってきた。この調子では、しまいには、命を落としかねないと思った。手当てをすませて、工場へ戻れば、あの監督将校から、ぶん殴られることだけは、確かだと思った。

(ああ、嫌だ)

と、思った時である。

陰気な空襲警報のサイレンが、聞こえた。

看護婦が、重病の病人を担架に乗せて、避難させ始めた。が、晋吉には、「歩ける人は各自、避難して下さい」と、いうだけだった。

傷の痛さに、唸ってもいられなくなった。

晋吉は、ベッドから飛び降りたが、初めての病院では、何処に防空壕があるのか判らない。

まごまごしているうちに、重い、腹にしみこむような爆音が聞こえてきた。高射砲も、どかんどかんと撃ち始めた。

晋吉は、あわててベッドの下にもぐり込んで、眼をつむった。

敵機は、横須賀の工場地帯を目標にしているようだった。

猛烈な爆音と同時に、病院全体が地鳴りのように、揺れた。壁土が、ばらばらと落ちてくる。

晋吉は、耳を塞ぎ、眼を閉じて「助かりますように、助かりますように——」と、同じ言葉ばかり、心の中で、繰り返していた。

B29の爆撃は、およそ、二時間にわたって執拗に、繰り返された。

解除のサイレンが鳴り、ベッドの下から這い出した晋吉は、のろのろと、窓際まで、歩いていった。

紙テープを貼った窓ガラスは爆風で、砕け散っている。

晋吉はぽっかりと開いた窓から、工場地帯に眼を向けた。

「あッ」
と、悲鳴に近い声が、晋吉の口から洩れた。
今朝、監督将校の訓示を聞き、小指を機械にもぎ取られたあの工場は、消滅してしまっていたからである。黒く塗られた建物も、巨大な何本かの煙突も消え、そこには、無残な瓦礫の山が、見えるだけだった。
病院の庭に掘られた防空壕から顔を出した患者や、看護婦達も、呆然として、廃虚と化した工場地帯を眺めていた。

7

この日の空襲で、二千人近い人が死んだということだった。
晋吉と一緒に徴用された二十何人かの人も死に、

滝田という工員も、死んだ。

　晋吉だけが、小指一本と引きかえに、助かったのである。

　妙な気持であった。晋吉が、しっかりした性格で、器用だったら、滝田が、機械を離れても、何とか上手《うま》くやれたに違いない。小指を、もぎ取られるような、へまなことは、しなかったろう。だが、爆撃で死んでいた筈だ。

　晋吉は、浅草で見てもらった易者の言葉を思い出した。

（あの易者は俺の欠点が俺を助けるといったが、当たったらしい。その時になれば判るといったが、今が、その時だろうか？）

　答は見つからなかったが、何となく、生きて行けそうな気がしてきた。

　ばくぜんとした自信のようなものである。


　今まで、晋吉が、持ったことのないものだった。

　家に戻った晋吉は、呼び出しの来ないままに、だらだらと、日を過ごした。工場が消えてしまったのでは、行くべき場所がないからである。二度目の命令も、仲々、来なかった。来なかったのが当然で、晋吉は、他の徴用工と一緒に、爆撃で死んだことにされていたのである。

　配給が、急に来なくなったので、父親の徳太郎が、文句を、いいに行って、初めて知ったのだった。

「お前は、死んだことになってるぞ」

　と、徳太郎は、いった。晋吉が、どうしたらいいと、訊くと、

「このまま、死んだことにしとけ」

　と、徳太郎は、いった。

「お前みたいな人間が生きて行くには、大変な時代

だ。今度徴用されたら、指一本じゃすまねえような気がするんだ。それに、お前じゃあ、何の役にも立つめえ、お国のためには、申しわけねえが、死んだことになってるのを幸いに、信州の叔父のところへ疎開していろ」

母親のキクも、そうした方がいいと、いった。

晋吉は、父親の言葉に従うことにした。成り行きのままに委せて生きろという易者の言葉を思い出したからである。

二日後に、晋吉は、父親の買ってくれた切符で、信州に向かった。

その日の夜、日暮里周辺が、B29の夜間爆撃を受けた。

火の海が生まれ、その火の海の中で、晋吉の父親の徳太郎も、母親のキクも、死んだ。

晋吉は、また、死ぬべき命を助かったのである。

信州での生活は、快適ではなかった。死んだことになっている晋吉は、かくれて、すごさなければならなかった。叔父が、好人物でなかったら、難しかったに違いない。

そして、昭和二十年八月十五日が来た。

8

昭和二十二年に入ってから、晋吉は、東京に出てみた。

東京は、瓦礫の町と化していた。ただ、空だけが、無闇に、明るかった。

あちこちに、バラックが建ち、痩せ細った女達や、汚れた顔の子供や、復員姿の男達が、闇市に、ひしめきあっていた。

晋吉は、出征したまま、消息を聞いていない兄のことを考えた。もしかすると、兄の徳一は、復員してきているかも知れない。あの気丈な兄なら、こんな時に、力になってくれるかも知れないと、思った。

晋吉は、目黒にあった兄の家を訪ねてみることにした。

目黒の高台のあたりも、同じように、空襲に遭っていた。

焼け残ったコンクリートの塀だけが、物々しく、昔の名残りをとどめていた。そして、その塀の中に、小さなバラック小屋が建っていた。

「田賀根」と、大きな字で書かれた表札が、毀《こわ》れた塀に、打ちつけてあった。

中を覗くと、前に来た時には、季節の花が咲き誇っていた庭には、野菜が植えてあった。

晋吉は、庭に入った。バラックには、人の気配があった。

晋吉は、戸を叩いてみた。が、返事はない。

隙間だらけのガラス戸から、中を覗いてみた。人の足のようなものが見えた。何か異様な気配に気付いて、晋吉は、あわてて、がたぴしする戸を開けてみた。

四畳半ぐらいの部屋に、もんぺ姿の女が、俯せに倒れていた。

「う、うッ」

と、その女が苦し気な呻き声をあげた。土間には、女が吐いた跡があった。

晋吉には、何が何だか判らなかった。女が、また、苦しそうに呻くので、晋吉は、女を抱き起こした。女が、義姉の美津子だと判ったのは、その時である。「田賀根」と表札にあったのだから、当り前の話なのに、晋吉は、迂闊にも、美津子と気付かなかったのである。それほど、美津子の姿は、変って見えた。

美津子の顔は、真青だった。口紅の赤さだけが、異様だった。晋吉が、名前を呼んでも、聞こえないように、呻き続けた。

晋吉は、狼狽した。どうしたらよいのか、判らなかった。

とにかく医者だと思い、美津子を寝かせると、表に飛び出した。

二百米《メートル》ほど先に、病院の看板が見えた。が、その家も、バラックであった。飛び込んで、「お願いします」と、いうと、風采の上らない中年の男が顔を出して、

「何だ?」

と、いった。

「死にそうなんです」

「栄養失調なら、俺には助けられんよ」

「じゃないと思います。吐いてるんです」

「吐いてる?」

医者は薄汚れた白衣に手を通しながら、玄関口に出て来た。

「毒でも飲んだか?」

「判りません。とにかく来てください」

「よし」

医者は、掛け声をかけるみたいにいうと、下駄を突っかけて降りて来た。

医者は、美津子を診《み》ると、

「やったな」

と、いった。

「青酸カリだ。どうせ、生活苦からの自殺だろうがね。下手くそな死に方だ」

「助からないんですか?」

「だから、下手くそだと、いったろうが。死ぬ気で飲んだくせに、すぐ、吐き出しちまってる。これじゃあ、死にたくても死ねやせん」

「助かるんですね？」

「暫くの間は、咽喉が痛いだろうがね。寝かしておけばいい」

晋吉は、がっくりと、力が抜けて行くような気がした。

「診察料は？」

と、晋吉が訊くと、医者は、不遠慮に、部屋の中を見廻してから、

「無理せんでもいい」

と、いった。

「じゃあ、米を貰ってくれませんか。今日、田舎から出て来たんで、米があるんです」

「ほう」

医者は、眼を大きくした。

晋吉は、雑嚢《ざつのう》を、開けて見せた。

「真白い米か」

医者は、にやッと笑い、白衣のポケットに一合ほど入れさせると、「大事にな」と、いって、帰って行った。

美津子は、夜になって、やっと、気がついた。黄色い裸電球の下で、眼をあけると、ぼんやりと、晋吉を見上げた。

「俺です。晋吉ですよ」

と、いうと、やっと、晋吉と判ったらしく、眼を動かした。

「何故、私を死なせて下さらなかったんです？」

と、美津子は、低い、小さな声で、いった。

「どうして、死ぬ気になったんです？」

「あの人が、死んでしまったからです」

「あの人って、兄さんが？」

「ええ。今日、復員局へ行って、確めたんです。あの人は、もう、帰って来やしません。だから——」

9

晋吉は、庭に出た。

月が出ていた。

兄の徳一が死んだという。晋吉は、呆然と、同時に、冷たい戦慄のようなものが、身内を走るのを感じた。

(俺のような人間は死んで、お前のような人間が生きのびるのだ。こんな世の中では——)

と、いった徳一の言葉が、思い出された。

兄の言葉は、当たった。

晋吉は、易者のことも考えた。あの易者の言葉も、また当たったのだ。晋吉の身体が、兄と同じように頑健だったら、召集されて、今頃は、兄と同じく、戦死者の中に、数えられていただろう。身体が弱いことが、晋吉を救ったのだ。

不思議に、兄の死を悲しむ気持は、起きなかった。兄が、出征の時、死を覚悟していたのを、知っていたせいでもあるし、易者の言葉が、当たっていたことへの感動のせいもあった。

(俺は、今二十八だ)

と、晋吉は、改めて、自分の年齢を考えた。

(俺は、出世できるだろうか？)

今までだったら、自信のある答は、浮んで来なかったに違いない。不器用で、弱虫で、その上、すぐ病気になるような脆い身体しか持っていない。どうみても、出世できる筈がないと、最初から諦めていたのだ。兄の徳一は、出世できるタイプだが、自分は反対だと、信じていた。

だが、今は、少し違ってきた。相変らず、雷が鳴れば怖いし、不器用な「うらなり」であることに、変りはない。しかし、苛烈な戦争の時期を、どうにか生きのびて来られたという自信が、今は、ある。

易者は、自然に委せていれば、お前さんだって、出世できようといった。今まで、あの易者の言葉が当たっているのだから、これからも、当たるかも知れない。

（出世できるかも知れないぞ）

と、晋吉は、思った。

一面に廃墟と化した東京。多くの人達が、生きる自信を失っている時に、晋吉は、逆に、生きる希望のようなものを摑んでいたのである。うらなりは、うらなりなりにだが――。

家の中に引返してみると、美津子は、まだ、呆然とした表情で、天井を眺めていた。

「もう、私には、生きて行く力がありません」

と、美津子は、眼を動かさずに、いった。

「私には、もう何もなくなってしまいました。あの人を失ってしまった。いつか、きっと帰って来て下さると思って、今日まで、頑張っていたのも、無駄になってしまいました」

「何もなくなってしまったなんて、そんなことをいっちゃいけないなあ」

「あなたは、愛というものが、お判りにならないんです」

「愛――？」

晋吉は、ぼそッとした声でいい、急に、暗い眼つきになって、美津子を見た。

「そうよ。あなたは、判らない」

美津子は、繰り返して、いった。晋吉は、どういってよいのか、判らなかった。

「とにかく」

と、晋吉は、いった。何が、とにかくなのか、晋吉自身にも判らない。

「とにかく、もう自殺なんかしないで下さい。俺が困る」

「帰って下さい。私のしたいようにします」

「困ったな。俺が帰ったら、また自殺するつもりでしょう。そう判ってて、帰れやしない」

「――――」

美津子は、黙って、眼を閉じてしまった。

夕方になって、先刻の医者が、見舞いに寄ってくれた。

「どうだね病人は」

「今、眠ったところです」

「眠れれば、もう大丈夫だ。ところで、あんたは、ご主人かね？」

「違いますよ」

晋吉は、事情を話した。

「それで、また、自殺しやしないかと、それが、心配なんですが」

「一度、自殺に失敗した人間は、仲々死ねんというが、事情が事情だし、今は、普通の人間でも、自殺したくなるような世相だからな。あんたが、ついていてやった方が、いいな」

「そうでしょうか」

「当たり前だ」

と、医者はいってから、急に、探ぐるような眼になって、

「どうやら、あんたは、あの女性に好意を持っているようだな」

「とんでもない」

と、晋吉は、あわてていったが、自然に、顔が、火照った。

医者は、笑った。

「構うものか。好きなら、好きになったらいい。未亡人を好きになっていけない法律はないからな。孤独な女性を助けるのは、むしろ立派なことだ。それで、これから、どうするね？」

「働きます」

「何か技術を持っているかね？」

「いえ。俺は、不器用で、駄目な男です。こりゃあ、謙遜でも何でもありません。子供んときからです。自分でも、駄目な、うらなりだと思ってきました」

「うらなりねえ」

医者は、晋吉の顔を、見廻してから、

「確かに、うらなり的なところがある」

と、妙な感心の仕方をした。

「しかし、今は、ちょっと、違うんです。めちゃめちゃになった東京を見ているうちに、生きる自信みたいなものが、生まれて来たんです」

「ほう」

医者は、眼を大きくした。

「東京の廃墟を見て、逆に、生きる自信を持ったなどという人間には、初めて会った。妙な人間だ。あんたは」

「そうでしょうか？」

「そうさ。案外、あんたみたいな男が、出世するかも知れんな」

医者は、真面目とも、揶揄ともつかぬ顔で、いった。

10

小林というその医者が、仕事を世話してくれた。銀メシの効果だったたか、晋吉を、面白い人間と見て、世話してくれたのか、晋吉には、判らなかった。どちらにしろ、小林という医者に知りあえたことは、晋吉にとっては、好運であった。

小林が、見つけてくれたのは、目黒近くにキャンプしている進駐軍の、雑役の仕事だった。

「なるたけ、簡単で、楽な仕事をと思って、頼んできたよ」

と、医者は、いった。どんな仕事だろうかと思って、出かけてみると、将校宿舎の掃除であった。

二十八歳の青年のやる仕事ではない。が、晋吉は、別に不平はなかった。仕事の見つけにくい時代だったこともあるが、成り行きに委せていけば、そのうちに、上手いことがあるに違いないという確信のようなものが、あったからである。

日給は、十五円だった。僅かだが、生きていけないことはない。それに、進駐軍キャンプでは、彼等の残飯が、手に入った。それだけでも、乏しい食事の足しにはなる。

問題は、美津子だった。働きに出ているうちに、自殺されては、かなわない。

「二度と自殺はやらないで下さい」

と、いって頼んだが、美津子は、蒼い顔で黙っているだけだった。

晋吉は、医者に頼んで、働きに行くことにした。美津子を見張っていたいが、そんなことをしていたら、二人とも干乾しになってしまう。

小林は、「時間があったら、見に行ってやるよ」

と、約束してくれたが、最初の日、仕事から帰ってみると、美津子の姿が、見えなかった。

晋吉は、あわてて、小林医院へ、飛んで行った。

「そりゃあ、姿をかくしたのかも知れんな」

「姿をかくす？」

「ひとりになりたかったんだ」

「また、自殺するでしょうか？」

「何ともいえないな。弱い人間なら、自殺するだろう。また、逆に、強い人間になるかも知れん。とにかく、帰って来ないことは、確かだ」

「そうですか――」

「ひどく、がっかりしたようだな。やっぱり惚れていたのか」

「俺には、判らない」

「逃げたな？」

「本当に、俺には、判らないんです」

晋吉は、同じ言葉を繰り返した。好きでも、どうにもならないという気持もあるのだ。

「探さん方がいいな」

と、小林は、真面目な顔に戻って、いった。

「探す暇もないだろうが」

確かに、小林のいう通りだった。美津子のことは心配だが、何処を探していいのか判らないし、時間も、金もない。

次の日、キャンプから帰って来て、美津子の姿を探したが、戻っていなかった。医者のいった通り、ひとりになって、考えたかったのかも知れない。それなら、俺が、何処かへ行けば良かったのだと思ったが、後の祭りであった。

晋吉は、このバラックの家に住むことにした。心苦しさがないわけではないが、同時に、身寄りのない東京に出てきた途端に、住む家を得たことは、幸運だと、思った。

（俺は、ついているのだ）

と、晋吉は、思った。

しかし、進駐軍キャンプの仕事は、退屈なものだった。大金でも拾うだろうかと、詰らない期待を抱いてみたが、空頼みに終って、大金どころか、一円も拾えなかった。

晋吉は、毎日の日給の中から、少しずつ貯金することにした。インフレの激しい頃で、貯金するだけ損だという風潮が、あったが、晋吉は、構わずに、貯めることにした。

晋吉には、他に、金儲けの方法が、見つからなかったからである。ちびちびでも、貯めるより仕方がない。

それに、進駐軍の残飯が貰えて、食費に余り金がかからなかったのと、家が、あったせいで、たとえ少しでも、貯められたのである。

一年たつと、その貯金が、三千円になった。

「あんた、小金を貯めてるそうじゃないか」

と、探るような眼で、晋吉の顔を見たのは、一緒に働いている掃除婦の婆さんだった。この婆さん自身も、外国煙草の闇売りなどをして、金を貯めているという噂であった。

晋吉が黙っていると、

「あたしが、いい金儲けの口を知ってるんだけど、投資してみないかね？」

と、誘った。

「一か月で、元金が倍になるんだよ」

「上手い話だな」

晋吉も、つい誘われて、眼を輝やかした。

「本当なのかい？」

「本当だとも。ところで、いくら貯ってるんだね」

「三千円だ」

「ふーん」

婆さんは、ちょっと、鼻を鳴らした。もっと、あると、思っていたのかも知れない。

「それでもいいや。あたしに渡して、ご覧よ。確実に、倍にしてあげるから」

婆さんは、いかに、その金儲けの口が、確実で、安全なものであるかを、くどくどと説明した。

晋吉は、心が動いた。晋吉自身には、持金を倍にするような才覚はない。とすれば、この婆さんに、頼んだ方が、いいのではないか。

「頼むよ」

と、晋吉は、いった。

翌日、晋吉は、三千円の金を、婆さんに渡した。婆さんは、にこにこ笑いながら、受け取ってから、

「あんたも心配だろうから、明日、担保になるものを持って来てあげるよ」

と、いった。

ところが、翌日、婆さんの姿は、進駐軍キャンプに見えなかった。翌々日もである。

(欺された)

と覚ったのは、三日目である。晋吉は、それでも、希望をつないで、婆さんが、住んでいる安アパートを訪ねてみた。アパートなどという代物《しろもの》ではなかった。建物全体が、倒れかかっているのである。

管理人は中年の女だったが、晋吉が、婆さんのことを、話すと、

「あんたも、欺された口なんですね」

と、いった。

「あたしもなんですよ。部屋代を三か月も、ふみ倒された揚句、絶対に儲かるなんていわれて、虎の子の五千円を、ぶったくられちまったんですよ」

「それで、婆さんは?」

「夜逃げしちまいましたよ」

晋吉は、がっくりと力が抜けていくようだった。

仕方なく帰ろうとすると、

「あんたが、田賀根さんなら、渡すものが、ありますよ」

と、女が、いった。そうだというと、女は、粗末な封筒を渡して寄越した。

表を見ると、「たがねさまへ」と、ひどい金釘流で、書いてあった。中には、便箋が一枚入っていて、これにも、金釘流で、

〈ほんとうに、もうしわけありませぬ。ゆるしてくださりませ。おわびに、宝くじを一まいさしあげます。一とうがあたれば、十万えんでございます。これこそ、あなたのかねが、二ばい三ばいにも、なるのでございます〉

と、あった。確かに、一枚十円の宝くじが封筒の中に入っていた。

「婆さんの部屋にあったんですよ。あたしあてのもありましたけどね、十円の宝くじ一枚で誤魔化すなんて、何て悪党だろう」

管理人の女は、口もとを歪めて、いった。

晋吉は、家へ戻った。どう悔やんだところで、三千円は、もどって来ない。

一週間ばかり、ぼんやりと過ごしたが、気を取り直して、また、少しずつ貯めることにした。

昭和二十三年も、押しつまってきていた。

キャンプから、家へ帰って、所在なさに、ごろ寝をしていると、女が、案内も乞わずに飛び込んで来た。驚いて起き上がると、先日の、安アパートの管

理人であった。

「あんた、この間の宝くじは？」

と、急《せ》き込んだ調子でいう。

「そこら辺にある筈だけど——」

「見てご覧なさいよ。当たってるかも知れませんよ」

「当たってる？」

「今日の発表を聞いたら、あたしの宝くじが一番違いなんですよ。もし、あの婆さんが、続き番号で、買ってたら、あんたのが、当たってるかも知れないじゃありませんか」

「一等の当せん番号は？」

「当たってたら、あたしに一割くれます？」

「え？」

「拾得物だって、一割か二割のお礼をするじゃありませんか。あたしが来てあげなけりゃ、隅に放り出したままの筈でしょ。一割が駄目なら、五分で手を打ちましょうよ」

「五分あげる。どうせ当たってないだろうがね」

女が番号をいった。途端に、晋吉の顔が、真青になった。

「当たってる——」

晋吉は、かすれた声でいった。

11

五分の五千円を、約束通り女にやっても、九万五千円の金が、晋吉の手もとに、残った。

(俺は、ついてる)

と、思った。どうやら、俺のような人間にも、出世が、出来そうだぞと、思った。

医者に話すと、

「大金が入ったんだから、これからは、慎重に、することだな」

と、いった。

「金儲けの口を持ってくる者がいるだろうがね」

「いるでしょうか?」

「いる。金の匂いを嗅ぎつけるのに、特別の才能を持ってる人間が、いるもんだからね」

一週間もすると、りゅうとした背広姿の紳士が、バラックを訪ねてきた。

「此度は、宝くじの当選、おめでとうございます」

と、紳士は、丁重に、いった。晋吉は、医者の言葉を思い出して、ふーむと唸った。

「あんたは、鼻が、いいんだな」

「これは、ご冗談を。ところで、もう何かの事業に、投資なさいましたか?」

「いや」

「そりゃあ、いけません」

「いけないかな?」

「いけませんとも、このインフレの時に、金を死蔵していたら、忽ち、半分、いや三分の一の価値しかなくなってしまいます」

「しかし――」

「私にお委せなさい」

紳士は、名刺を出した。それには、「日本株価研究所所長・鳥羽隆生」と、あった。晋吉には、所長の肩書が、印象に残っただけだった。株の知識は、晋吉にはない。

「所長さんですか?」

「所長です。株をお買いなさい。これが、もっとも、確実有利な投資です」

「俺は、株のことは、よく知らんのだが」

「株を持つということは、その会社の重役になるということです」

「俺が重役に？」

晋吉は、眼を輝した。死んだ兄が、部長の娘の美津子と結婚した時、両親は、たいした出世と、喜んだものだった。

「重役と部長と、どっちが偉い人だろうか」

「勿論重役です。比較にならんです」

「ふーむ」

「ここに、丸星鉄鋼という会社の株券があります。日本でも、一、二を争う大会社ですぞ。額面五十円で、二千株。丁度、十万円です。重役におなりなさい」

「だが、今、九万五千円しかないんだ」

「よろしい。特別にサービス致しましょう」

「まさかニセ物じゃあるまいね」

「お疑いでしたら、丸星鉄鋼に、電話で、お問合わせになって結構です」

「いや、別に疑ってるわけじゃない」

晋吉は、あわてていった。

晋吉は、その紳士から、二千株を、買ってしまった。

晋吉が、それを医者に話すと、

「まんまと、欺されたな」

と、笑われた。

「ニセ物ですか？」

「いや、本物だ、名義人の書きかえもしてあるが、額面五十円といったって、今は、十円の値打ちもない。どこの会社も、製品が売れなくて、青息吐息だからね。株なんか、反故《ほご》同様の時代なんだ」

「重役には、なれないですか？」

「馬鹿者。二千株くらいで、重役になれるものか。第一、そのうちに、会社が、潰れちまう」

「潰れるんですか？」

「今は、どんな大きな会社だって危いんだ。そうしたら、株券は、焚きつけにしかならん」

晋吉は、呆然とした。貰った名刺を頼りに、日本株価研究所に電話してみたが、そんな研究所はないという。完全なサギであった。

晋吉は、株を売ってしまおうと思った。ところが、丸星鉄鋼の株の売買は、停止されているという。会社が、潰れかけているのだ。

晋吉は、完全に、身体から、力が抜けていくのを感じた。

次の日から晋吉は、寝込んでしまった。

医者が励ましてくれなかったら、そのまま、がっくりと、行ってしまったかも知れない。

一週間近く、寝込んでから、晋吉は、やっと、起き出した。また、キャンプで、働き出したが、今度は、貯金する気になれなかった。

そのまま、昭和二十五年になった。

六月に朝鮮戦争が起きると、キャンプにいた兵隊達は、続々と、朝鮮に出かけ、仕事のなくなった晋吉は、馘《くび》になってしまった。

「泣きっ面に蜂です」

と、晋吉は、医者の小林に、泣き言を並べた。

「そうでもない」

と、医者はいう。

「どうしてです。九万五千円をすっちまった揚句、今度は、馘ですよ」

「あの株券は、持ってるかね？」

「売れないんだから、持ってるより仕方がないでしょう。焚きつけに要るんなら、あげますよ」

「そりゃあ良かった。戦争が始って以来、株が、上り続けているんだ」

「本当ですか？」

「本当だ。戦争は悲しいが、そのおかげで、日本の工業全体が、息を吹き返したんだ。丸星鉄鋼も立直った。しっかり持ってれば、すごい値打ちになるぞ」

「――――」

「どうしたんだ？」

「安心したら、がっくりしちまったんです」

「よく、がっくりする男だな」

医者は、にやにや笑った。

医者の話は、嘘ではなかった。

特需景気が来た。鉄鋼関係の会社は、朝鮮戦争が始ってから、二十四時間操業を始めた。それまでは、工場に、蜘蛛の巣が、張っていたのである。

一か月の特需約三千万ドル（百億円）が、カンフル注射になった。日本の工業にとって。そして、株価にとってもである。

丸星鉄鋼についていえば、利益率は、朝鮮戦争が始って一年間に、三百倍になった。これでも、化繊関係の会社に比べれば、低い方だった。或る大手の化繊会社は、実に、一千倍の利益をあげたのである。

いわゆる糸ヘン、金ヘン景気が来た。

晋吉の持っている額面五十円の株が、二十七年の初めには、千六百円になっていた。

（三百二十万円――）

晋吉は、その金額に、思わず、顔がゆるんだ。

「そろそろ、売って、その金で、家を建て直したら、どうだね？」

と、医者が、いった。

「いつまで、あんなバラックに住んでるんだ？」

「売ります」

「いやに素直なんだな」

「今まで、人のいう通りにして、儲かったんですから、そうします」

晋吉は、株を売り、そのうちの百万で、家を建て直した。

「まだ、二百万ばかり余ってるんですが、先生に貸して上げましょうか」

「わしにか？」

「先生の病院だって、建て直さなきゃ、客が来ないでしょう」

「そりゃあそうかも知れんが、借りても、返すあてがない」

「いいですよ」

「それじゃあ、わしの土地を買ってくれ。この近くに、百五十坪ばかり土地がある。それを買ってくれ。坪一万で百五十万。その方が、わしも、すっきりする」

「先生は、義理がたいんですね」

「わしも、助かったよ」

と、医者は、いった。

晋吉の手に、百五十坪の土地と、五十万の金が残った。

（一年だけ、遊んでくらしてみよう）

と、思った。つつましく遊べば、五十万で、一年遊べるだろうと、晋吉は思った。

出世した気分を、ちょっとだけ、味わってみたかったのだ。

晋吉は、浅草に、いつかの易者を探した。礼がしたかったのだが、見つからなかった。空襲で、死んでしまったらしいと、いうことであった。

その帰りに、晋吉は、キャバレーに、足を運んだ。こんなところで遊ぶのは、初めてのことだった。懐中の金が、そんな気持にさせたのだ。

テーブルにつくと、綺麗な顔をした女が来た。おい白粉の匂いを嗅ぐと、晋吉は、依然として消息のない美津子のことを思い出した。

(今頃、何処にいるのか?)

と、思った時、まばらな拍手が、晋吉の周囲で起こった。

フロアに、スポットライトが当たって、純白のドレスを着た女が、マイクを持って、現われた。

歌は、下手だった。が、その顔を見ているうちに、晋吉は、「あッ」と、小さな叫び声をあげた。

厚化粧をしていたが、美津子であった。

「あの人——」

と、傍のホステスに、指さして見せて、呼んで貰えないかと訊くと、

「止《よ》した方がいいわよ」

と、痩せたホステスは、いった。

「支配人のこれなんだから」

「これって、恋人かね」

「恋人——?」

ホステスは、けらけら笑った。

「そんなお上品なもんじゃないわよ。まあ、情婦ってとこね。気に入ったの?」

「あの人を、連れて帰りたいところがあるんだ」

「ちょっと無理ね。うちの支配人は、ヤクザだから、連れ出したら、ぐっさりよ」

ホステスは、短刀で、晋吉の脇腹を、突き刺す恰好をして見せた。

「金で、解決できないだろうか?」

「持ってるの?」

「五十万くらいなら、何とか」

「へえ」

ホステスは、頓狂な声を出した。

「駄目だろうか？」

「そうねえ。支配人は、欲ばりだから、案外ウンというかも知れないわ」

「じゃ、頼む」

「頼むって、話すのは、あんたでしょ。あたしは、支配人に、会わせてあげるだけよ。怖いの？」

「ああ、ヤクザなんだろう？」

「しっかりしなさいよ。男なんでしょ」

ホステスは、晋吉の肩を、どんと叩いてから、

「うまく行ったら、あたしにも、お礼を頂戴よ」

と、抜け目なく、いった。

12

支配人だという頬に傷のある男は、蛇のような眼で、晋吉を見た。

晋吉は、がたがた震えていた。

逃げ出したかった。

それが出来ないのは、美津子の問題だからだった。

(俺は、美津子に、惚れてるんだ)

晋吉は、震えながら、それを自覚した。

「五十万ねえ」

支配人は、ゆっくりした声で、いった。

「駄目でしょうか？」

「いや、手を打ちましょう。あんたの気持にほだされた」

「どうも――」

晋吉が、テーブルに手をついて、頭を下げた途端、急に、相手の語気が荒くなった。

「止めた」

と、支配人は、いった。

「てめえが、素人だと思うから、五十万で、手を打ってやる気になったんだが、同じヤクザじゃねえか。指を詰めてるのが、その証拠だ」

「指――？」

晋吉は、あわてて自分の手に眼をやった。確かに、右手の小指はない。

「これは、工場で――」

「俺を欺そうってのか」

支配人が、妙に、すわったような眼で、晋吉を見た。晋吉は、真青になって、弁解した。

が、相手は、聞こうとしない。

「よくも、俺を欺してくれたな」

支配人は、いきなり、背広のポケットから、拳銃を取り出した。

「左手の小指も、これで、吹っ飛ばしてやろうじゃねえか」

「助けて下さいッ」

晋吉は、悲鳴をあげて立ち上がると、夢中で、拳銃を持っている相手の手に、しがみついた。

弱虫で、非力を自認している晋吉の何処に、あんな力があったのか、彼自身にも判らない。

銃声がして、倒れたのは、支配人の方であった。

晋吉は、呆然として、拳銃を持って、立ちつくしていた。

晋吉は、すぐ逮捕された。

公判で、弁護士は、正当防衛を主張したが、証拠なしということで、五年の実刑が下った。

晋吉は、刑務所に、送られた。

薄暗い壁に閉じこめられて、晋吉は、

（これが、俺の出世か）

と、溜息をついた。

（前には、小指を失くしたおかげで、命を助かったが、今度は、そのおかげで、刑務所に放り込まれた。結局、俺は、駄目なのかも知れない）

易者の言葉も、こうなると、信じられなくなった。

うらなりは、やっぱり、うらなりで終るのだろうか。晋吉にとって、僅かの慰めは、美津子が、医者の小林と一緒に、面会に来てくれることだけだった。

五年は、ひどく長かった。

刑務所の中で、晋吉は、三十九歳になった。

昭和三十三年十月。

刑期満了。

刑務所の外には、医者が迎えに来ていた。

「うらなりが、ますます、うらなりらしくなったな」

と、医者は笑った。

「止して下さい。これから、どうやって生きて行こうか思案してるんですから」

「思案することはないさ。ついてる男が、何を思案するんだ？」

「俺が、ついてる？　からかわんで下さい」

「からかってるものか。あんたが、刑務所に入ってる間に、土地が、鰻上りだ」

「それが、どうかしたんですか？」

「わしから買った百五十坪の土地を忘れたのか。あれが、今は、坪十五万だ。全部で、いくらになると思う。二千二百五十万円だ」

「――――」

「刑務所に入ってなかったら、とうに、売っちまってる筈だ。ついてるぞ。あんたは」

「二千万——」

「金が出来たんだから、何か堅実な事業を始めて、結婚するんだな。美津子さんも、その気になってるぞ」

「本当ですか？」

「鈍い男だな。その気だからこそ、今日、わしと一緒に来なかったのが、判らんのか。女のデリケートな気持ちが」

　医者が、肩を叩くと、晋吉の身体は、うらなりのナスビみたいに、よろよろと動いた。

私は狙われている

1

自分が、誰かに狙われていると、最初に感じたのは、あの小さな事件が、あってからである。あの事件、と勿体ぶって、いったのは、別に、他意があるわけではない。事件と呼ぶことが適当であるかどうか、はっきりと私自身にもわからないからである。もしかすると、私の考え過ぎかも知れなかったし、私の話を聞いた同僚の多くは「被害妄想」だといって、にやにや笑ったし、妻も、疲れているから、考え過ぎるのよと、笑った。

その事件というのは、こんなことだった。

私は、N商事で、営業課長をしている。年齢は、三十七歳。出世頭の方だと、他人からも思われていたし、自分でも、現在の地位に満足していた。それに、若く美しい妻にも。

N商事では、部長以上は、車を使えるが、課長は、車を使うことを、許されていない。それで、私は、電車で、郊外から、日本橋まで、通勤していた。ラッシュは、辛いが、別に、それが不服ということは、なかった。あと三年もすれば、部長の椅子につけるという自信が、私にはあったからである。

新宿で、地下鉄に乗る私は、赤坂見附で、浅草行きの電車に乗りかえる。ここでの混雑には、辟易するのだが、その日も、赤坂見附のホームは、乗客で、ごった返していた。

私は、ホームの一番前にいた。というよりも、いつの間にか前へ、押し出されてしまっていたと、いった方が、いいかも知れない。しかし、危険な感じはしなかった。ラッシュの時にはいつも危険な状態にあるといってもいいし、何となく、神経が麻痺しているのである。

駅の拡声器は、電車が、前の「青山一丁目」を出たことを、告げた。やがて、かすかに、レールの響きが聞こえてきた。アナウンスが、また「危険ですから、白線の内側まで、お退り下さい」と、いった。私は、手に持っていた新聞を、スプリングコートのポケットに、突っ込むと、後退りしようとした。が、そのとき、私の身体は、いきなり前に、押されたのである。

「あッ」

と、私は、叫んだような気がするが、はっきりとは、憶えていない。あるいは「あッ」と叫んだのは、私の周囲にいた、乗客の誰かだったかも知れなかった。私は、それでも、何かに、摑まろうとして、手を伸ばしたのだが、無駄だった。私の身体は、奇妙に、ゆっくりと、ホームから、暗い軌道の上へ落ちた。

「早く上がれッ」

と、誰かが、叫んだ。が、そのとき、私は近づいてくる、電車の、突き刺すような光りを認めた。這い上がっていたのでは、間に合わない。私は、咄嗟に、反対側の壁に、自分の身体を押し付けた。次の瞬間、私の背中の、すぐ後ろを、電車の、巨大な鋼鉄が、通り過ぎて、停まった。あのとき、私の眼には、電車というものが化け物のように、巨大に見えた。おかげで、子供の時から、電車や汽車に抱いていたロマンチックな憧憬は、変散してしまった。

ともかく、私は、助かった。電車が、通過したあと、駅員に助けられて、ホームに這い上がった私は、手足に、擦傷していることを知った。

駅員は、私を、事務室へ連れていって、傷の手当てをしてくれたが、
「このくらいの傷で済んでよかったですよ」
と、生真面目な声で、いった。

2

手当てが、済んだあと、私は、タクシーを拾って、会社へ出勤したが、その日、一日中、事件のことが、気になってならなかった。午後の課長会議のとき、手首の傷を、目ざとく見つけられて、赤坂見附駅での事故のことを話すと、一様に「そりゃあ運がよかった」と、いってくれた。そのあと、ラッシュアワーの危険なことが、論議され、課長にも、出勤に、車を使わせるべしという、勇ましい話になったが、私は、何故か、仲間の話についていけないものを感じていた。私の頭には、あの事故が果たして、単なる事故だったのだろうかという、疑惑が、あったからである。

確かに、あの時、赤坂見附駅のホームは、乗客で、溢れていた。その人波が動き、私は、押されて、落ちたのかも、知れない。偶然の事故だったのかも知れない。前にも、地下鉄ではないが、国電のある駅で、通学の途中の小学生が、人波に押されて、線路に落ちて、死んだという事故があったのは、私も知っていた。私の場合も、それと、同じケースなのかも知れない。私が死んでいたら「ラッシュアワーの悲劇」と、新聞に書かれたろう。誰が、悪いわけでもない。人間の多過ぎるのが悪い。ホームに溢れるような人間が悪いということなのだろう。

しかし、そう考えてきても、私は、一つの暗い疑

惑に突き当たらざるを得ないのである。

私は、あの事故に、一つの暗い意志のようなものを感じるのである。ホームから、私を、故意に突き落とそうとした、ある人間の意志を。勿論、私の言葉は、誰からも、信用されなかった。同僚の課長達は、「神経だよ」と、笑い、家に帰って、妻に話すと、さすがに、蒼い顔になったが、やはり「疲れて、いらっしゃるのよ」といい、誰かが、私を、突き落とそうとしたという、私の考えは、簡単に、否定されてしまった。考えてみれば、同僚や、妻の考え方の方が、健全だし、当たり前なのだ。私自身落ち着いて考えてみて、一体、誰が私を狙うのだとなると、皆目、見当が、つかないのである。しかし、だからといって、私には、簡単に、暗い想像を、捨てさることは出来なかった。落ちたのは私自身だし、あのときの恐怖は、簡単には、消え去りはしなかったからである。

しかし、第二の事件が、起きなかったら、私の不安も、時と共に、消えていたろうと思う。私は、粘液質の方だと、人にいわれるが、それでも、誰かに、殺されかけたなどという想像を、二か月も三か月も、持ち続けられるものでは、なかったからである。それに、仕事も、忙しかった。

第二の事件が起きたのは、赤坂見附駅で、轢かれ損なってから二か月後である。

十一月二十三日と、憶えている。憶えているなどという曖昧な、いい方をしたのは、それが、二十四日になっていたかも知れないからである。とにかく、二十三日の、午前〇時に近かった。私は、酔っ払っていた。会社で、ちょっと面白くないことがあって、退社後、私は、銀座のバーで、飲み、それが、梯子《はしご》になったのである。

三軒目までは、どうにか、店の名前を憶えていた。そのあと何処《どこ》を、どう歩いたのか、はっきり思い出せない。とにかく、ふらふらと、銀座裏を歩いて、まだ、灯の点いている店へ入ったのである。ひどく、薄暗い店で、客が、ごちゃごちゃと、一杯いた。頭が痛くなるような、やかましい音楽をやっていて、若い男女のカップルが、狭いフロアで、踊っていたのを、憶えている。

私は、テーブルに腰を下ろして、ハイボールを注文した。もう味も、たいしてわからず、ただ、酔いを深めるために、飲んでいるような具合だった。二杯目が、運ばれて来たとき、私は、尿意を催して、トイレに、立った。足が、ふらついていた。トイレで顔を洗い、腕時計を見た。酔っているので、正確な時間がわかったかどうか、とにかく、遅いことだけはわかって、テーブルに戻ると、最後のハイボールを、流し込むように飲んで、立ち上がった。そのとき、ふいに、突き上げるような、胃の痛みと焼けるような、咽喉の痛みを、同時に、感じたのである。私は思わず「げえッ」と、吐き、テーブルに摑まったまま、その場に倒れてしまった。

3

気がついたとき、私は、病院のベッドに、寝かされていた。白衣を着た、初老の医者が、私を覗き込んで、

「気がついたようですね」

と、柔らかい声で、いった。私は、何か、いおうとしたが、咽喉が、塞がれてしまったように、声にならない。

「まだ、何も、いわない方がいい」

と、医者は、いった。

「胃を洗滌したから、もう大丈夫だが、しかし、あんな場所で自殺しようとするのは、止《や》めた方が、いいですよ」

医者の声には、皮肉とも、冗談ともつかぬ響きがあった。勿論、私には、医者が、何をいってるのか、まるっきり、見当がつかなかった。私は、あわてて、首を横に、ふって見せた。

「自殺する気は、なかったと、いうのですか?」

医者は、眉をしかめた。

「しかし、貴方は、現実に、砒素を、ハイボールと一緒に、飲んでるんですよ。自殺する気のない者が、何故《なぜ》、そんな馬鹿な真似をしたんですか?」

医者は、不審気にいった。私にだって、そんな馬鹿げたことが、わかる筈がない。私には、ハイボールを飲んだ記憶はあっても、砒素を飲んだ記憶は、ないのだ。第一、私は、生まれてから今まで、砒素などという毒薬を、見たことさえないのである。

二時間ほどして、妻の富子が、真っ青な顔で、駈けつけて来た。日頃は、落ち着いている女なのだが、この時は、滑稽なほど、取り乱してしまっていた。医者に、聞いたとみえて、入ってくるなり、

「どうして、自殺なんか、なさったの?」

と、恨むような眼で、私を見た。どうにか、声が出るようになっていた私は、

「違うんだ」

と、富子に、いった。私は、ハイボールを飲んだだけだということを、繰り返した。その中に、砒素が入っていたとしても、私が、自分で入れたわけではない。誰かが、あの中に入れたのだ。誰かが。そ

こまで、考えて来て、私は、ふいに、いいようのない恐怖に、襲われた。

(誰かが、私を殺そうとしたのだ)

恐怖感は、妻にも、すぐ、伝染したようだった。妻の顔が、私の話を聞いているうちに、白茶けてきた。唇が、かすかに、震えている。

「誰かが、貴方を、殺そうとしたなんて、そんな、恐ろしいことが、あるでしょうか?」

「僕だって、信じられないが、事実だから、仕方がない」

「でも、誰が、貴方を——?」

「———」

私は、黙って、病室の白い天井を睨んだ。私は、殺されかけた。それは、事実だ。しかし、誰が、私を殺そうとしたのかと考えると、答えは、見つからない。

私は、二か月前の、赤坂見附駅での事件を、思い出した。偶然の事故かも知れぬと、思っていたのだが、今度の事件が、起きてみると、偶然の事故とは、考えられなくなった。私は、一つの結論を、導き出さざるを得なかった。不愉快な結論だが、他に、考えようが、ないのである。

(誰かが、私を狙っているのだ——)

4

警察が、来た。木崎という刑事が、主に、私に質問したのだが、聞き終わっても、曖昧な表情をしていた。おそらく、彼は、私が、自殺しそこなったのだと、信じているに、違いない。私には、そんな顔に見えた。それでも、

「誰かに、恨まれているという、心当たりのような

ものが、ありますか？」

と、刑事は、訊いた。何となく、お義理で訊いているような感じがした。自殺未遂で片づけてしまえば、手間が、はぶけるとでも、考えているのかも、知れない。

私は、心当たりがないと、いった。嘘ではない。冷静に考えれば、誰か思い出すかも知れないが、そのときの私には、本当に心当たりが、なかったのだ。

刑事は、ハイボールを飲んだときの様子を、いろいろと、私に訊いてから、帰って、行った。酔っていた私は、ほとんど、そのときのことを、憶えていなかったから、刑事は、あまり収穫は、なかった筈である。おそらく、あの刑事は、自殺未遂の可能性が強いとでも、上司に、報告することだろう。

会社からも、部長や、課長仲間、それに課員が、見舞いに来た。誰もが「とんだ目にあったね」と眉をひそめていったが、本気で、私の身体を、心配しているようには見えなかった。少なくとも、彼らに、私の恐怖が、わかる筈がない。こんな、意地の悪い考え方をするのは、誰かが、私を殺そうとしている恐怖感のためだったに、違いない。考えたくはなかったが、見舞いに来た連中の中に、もしかすると、私を殺そうとした人間が、いるかも、知れないのだ。

見舞客が、帰ると、病室の中が、ひっそりと、静まり返った。妻の富子は、枕元で、私のために、果実の皮をむいていた。その、かすかな音を聞きながら、私は、天井を睨んだ。

（一体、誰が――？）

私は、富子にも、家に、帰るようにいった。勿論、妻は、反対したが、私は、怒鳴りつけるようにして、彼女を、帰らせた。私は、ひとりになって、考えたかったのだ。

富子が帰ってしまうと、私は、本当に、ひとりだけになった。孤独という実感は、久しぶりのものだった。

私は、考えた。医者の話で、ハイボールを飲んだ店の名前が「シャノアール」だと、私は、知った。が、その名前から、連想されるものは、何もなかった。フランス語は、苦手《にがて》の私だが「シャノアール」が「黒猫」の意味だというぐらいのことは、知っている。しかし、私と、黒猫とは、関係がない。第一、私は、猫は、嫌いだ。

今度の事件と、店の名前とは、おそらく、関係がないだろう。私を殺そうとした人間は、あの店まで、私を尾《つ》けて来て、私がトイレに立った時に、ハイボールに、砒素を、投入したに違いない。あるいは、砒素の入った。ハイボールと、すりかえたかの、どちらかだろう。その前に寄った店で、犯人が、私を殺そうとしなかったのは、私が、テーブルを、立つことが、なかったからだ。

私は「シャノアール」に、どんな客がいたかを、思い出そうとした。が、すぐ、諦めてしまった。泥酔していた私は、店の構えさえ、おぼろげにしか、憶えていなかったからである。憶えていることといえば、ひどく、薄暗い店だったこと、フロアで、若いアベックが、踊っていたことぐらいである。

私は、次に、誰が、自分を殺したがっているだろうかと、それを、考えてみた。あまり愉快な作業ではないが、狙われている以上、考えざるを得ないのである。考えていくうちに、愕然としたことがある。

それは、いつの間にか、自分が、多くの敵を、作ってしまっていたということだった。

私は出世頭の方だと、前にいった。しかし、何の曲折もなく、三十七歳で、営業課長の椅子に、ついたわけではない。

その間には、随分、無理もあったし、あこぎな真似もした。何人かの競争相手を叩き潰して、現在の椅子にたどりついたのだし、営業課長の椅子をめぐって、今でも、課長同士の暗闘は、続いている。私が邪魔な人間もいるだろうし、私に、消えて欲しいと、ひそかに願っている人間も、いる筈だ。

私は、その中から、これはと、思われる名前を、拾い上げてみた。

先ず、販売係長の、朝日奈徳助がいる。四十二歳の風采の上がらぬ男である。商事では、私より古顔で、営業課長には、彼の方が、先になる筈だったが、私に、先を越されてしまった。その上、今では、私の下で、働いている。私の顔を見れば「課長、課長」と、ご機嫌をとっているが、内心は、私を憎んでいるに違いない。私が、いなければ、彼が、今頃は、課長の椅子に、ついていたからである。それに、私が死ねば、今度こそ、確実に、朝日奈徳助は、営業課長の椅子に、つくことが出来る。つまり、彼には、二重の動機が、あると、いうわけだ。

二番目は、業務課長の、山田信介だ。営業部には、五つの課があって、それぞれに課長がいるが、次期営業部長の候補と、目されているのは、私と、山田信介ということになっている。私より年齢は、二歳上の三十九歳だが、それだけに、私に対する、対抗意識は強いように思える。現在の営業部長は、あと三年で、定年になる。それまでに、私が死ねば、部長の椅子は、間違いなく、山田信介のものになるだろう。その間際になって殺したのでは、疑惑を持たれると思って、急に、私の殺害を、思い立ったのかも知れない。それに、私は、山田という人間が虫が好かない。向こうでも、そう思っていることを、私は聞いたことがある。いわゆる犬猿の仲というのかも知れない。このことも、殺す理由にはなる筈だ。

この二人以外にも、私を、恨んでいたり、嫌悪している人間は、何人か、いるだろう。しかし、殺すほどの動機の持ち主となると、ちょっと、考えつかなかった。とにかく、この二人には、注意する必要がある。

(他に、誰がいるだろうか——?)

私は、白茶けた、病室の天井を睨みながら、考え続けた。会社以外では、誰が? ——と考えてきて、ふっと、妻の顔が、私の頭をかすめた。私は、正直にいって、狼狽した。妻の顔が、こんな場合に、思い浮かぶとは、思っていなかったからである。妻の富子が、私を殺そうとする。そんなことは、考えられなかったからだが、冷静に考えてみると、そう、ひとり決めにしていいものかどうか、不安になって来た。

妻は、二十八歳。私より九歳若い。七年前に、結婚したが、まだ、子供はなかった。無口で、大人しい女である、ということは、面白味のない女ということでもある。そのせいで、私は二年前から、会社のタイピストをしている、松山弘子という女と、関係を、持つようになっていた。妻とは、正反対の、現代的な、悪くいえば、不良少女のような感じもある女だった。その女を愛しているというよりも、遊びの気持ちだと、私は、思っている。勿論、妻は、知らない筈だったが、ひょっとすると、妻は、私と、松山弘子の関係を知っているのかも知れない。だとすると——私は、急に不安が、高まるのを感じた。大人しい、私のいうとおりに動く、従順な女と、妻を見ていたのだが、もしかすると、私は、とんだ、思い違いをしていたのかも知れないという不安である。

5

三日後に、私は退院した。会社に、顔を出すと、私を見る皆の眼が、今までと、違っていることに、気づいた。私は「殺されかけた男」なのだ。廊下で会う、女事務員たちまで、私の顔を見ると、モルモットでも見るような眼つきをした。

部屋に入り、三日ぶりに、課長の椅子に、腰を下ろすと、販売係長の朝日奈徳助が、いつもの、卑屈とも見える態度で「大変なことでしたなあ。課長」と、私にいった。私は、黙って、朝日奈の顔を見ていた。どうみても、人を殺せそうにない、貧相な男なのだ。事件の前だったら、私は、簡単に、この男を、無視してしまったろう。しかし、今は、少し違っていた。朝日奈の、貧相な顔や、卑屈な態度が、かえって、私には、不気味だった。この男は猫を、かぶっているのでは、あるまいかと、そんな気がするのだ。

業務課長の山田信介は、廊下で、私に会うと「気をつけ給え」と、いった。「切れる人間は、恨まれることも多いからね。その点、お互いに、気をつけた方がいい」

口調は、冗談のようだったが、私は、山田の言葉に、鋭い刺《とげ》のあるのを感じた。私は、「僕は、死んだ方が、よかったのかねえ」と、いった。勿論、笑いながら、いったのだが、山田にも、さすがに、私の皮肉は、通じたようだ。彼は、顔を歪めるとすたすたと、自分の部屋に、消えてしまった。

　私は、帰りぎわに、タイピストの、松山弘子に、声をかけられた。彼女は、私を誘った。私は、一週間近く、彼女と、交渉を持たなかったことを思い出した。弘子の眼には、私を求める、光が、宿っていた。いつもの私なら、彼女の誘いに応じて、目白の彼女のアパートに、行ったろうと思う。彼女の身体は、それだけの素晴らしさを持っていた。が、今日の私には、他に、しなければ、ならないことがあった。私が、断ると、彼女は、ぷッと、ふくれたような顔になって、小走りに、会社を出て行った。

　私は、会社から、一〇〇メートルばかり離れた場所にある「アサノ」という喫茶店に、立ち寄った。そこで、ある人間に、会うことになっていたからである。

　店は、かなり混んでいた。ドアを開けたところで、私は、立ち止まって、店の中を見廻した。

　奥のテーブルで、私に向かって、若い男が、手を上げた。私はそのテーブルに、行き、向かい合って、腰を下ろした。営業課員の安藤晋一という青年である。販売係長の朝日奈徳助の下で働いている。ありていに、いえば、私の子分でもあり、スパイでもある。私も、この青年を利用しているし、彼の方でも、私についていれば、得だと、ふんでいる筈だ。

「何の用ですか課長」

　安藤は、忠犬のような眼で、私を見た。私が、煙草を取り出すと、すかさず、ライターを、眼の前に、差し出す。

「内密で、君に、頼みたいことがある」

と、私は、いった。

「秘密は、守れるだろうね?」

「勿論です」

「私が、殺されかけたことは、知っているだろうね?」

「はあ、大変なことでしたね。誰が、あんなことをしたか、課長には、心当たりが、あるんですか?」

「ないこともない」

「誰です?」

「業務課長の山田信介と、販売係長の朝日奈徳助だ。二人とも私が死ねば、得になる。対抗意識もあるし、私に、恨みもある筈だ」

「成る程」

安藤は、賢しげに、頷いて見せた。

「僕も、あの二人が、あやしいとは、思っていたんですが」

「調べてくれ」

と、私は、いった。

「先ず、二人が、酒に強いかどうか、調べて欲しい。山田とは課長会議で、一緒に飲んだことがあるが、あまり飲めないと、自分ではいっていた。しかし、本当かどうか、わからない。朝日奈の方は、甘い物が好きだといっているが、これも、猫をかぶっているのかも知れないのだ」

「何故、酒が飲めるかどうかが、問題なんですか?」

「あの夜、私は、『シャノアール』に行くまでに、三軒、梯子をしている。犯人は、その間、ずっと、私の後を尾けて、機会を狙っていた筈だと思うのだ。そうなると、四軒の店で、犯人も、酒を飲んだと思う。バーに入って、ミルクを注文するわけにはいかんだろうからね。酒が、飲めない人間だったら、この芸当は、出来なかった筈だよ」

「成る程」

「次は、四日前の夜の、二人の行動だ」

「わかりました。調べてみます」

「くれぐれも、二人に、覚られないように、調べてくれ」

「わかっています」

安藤は、私に向かって、大きく、頷いて、見せた。

6

安藤と、別れた私には、もう一つ、することがあった。妻のことである。私は、富子が、酒を飲むのを、見たことは、ない。しかし、だからといって、飲めないと、断定することは、危険だった。私は、妻は、飲めないものと、思いこんでいて、今まで、すすめたことが、なかっただけのことだからである。

私は、妻の調査を、探偵社に、依頼することにした。私立探偵というものに対する、私の印象は、あまり、よくはなかった。時折、新聞に「調べ上げた秘密をタネに脅迫」というような記事が、出ていたからである。私は、電話帳を調べて、なるべく社歴の古い、大きな探偵社に、頼むことにした。その方が、危険は、少ないと、考えたからである。

私は、銀座にある「N」という探偵社に足を運んだ。創業七十年、従業員三百五十人という規模が気に入ったからである。

N探偵社は、三階建ての近代的なビルであった。そのことも、私を安心させた。受付で、素行調査の依頼に来たというと、応接室に通され、そこで、探偵員に会った。三十五、六歳の女であった。私は、相手が、女であることに、何となく奇異な感じを持ったが、素行調査には、女性の方が、適しているということ、聞かされると、そうかも知れないと、考えるようになった。

私は、調査の理由を、くどくどと、訊かれるのではないかと、なにかと、それを心配していたが、その危惧は、当たっていなかった。相手は、妻の名前、年齢などを、訊いてから、写真があったら借して貰えないかと、いった。私は用意して来た妻の写真を、相手に、渡した。

「最近の妻の行動、とくに、四日前のことを詳しく調べて欲しい」

と、私は、いった。相手は、四日もあれば調べられるでしょうと、約束してくれた。料金は、一日について、五千円であった。四日間で二万円。安くはない金額だったが、私は、黙って、払った。

私は、打つべき手を、打ってから、平常どおり、会社へ出勤した。何事もなく、一日、二日と、経っていった。私は、自然に用心深くなってしまっていて、ラッシュアワーの時には、ホームの、後の方にいるように努めたし、梯子酒をして、泥酔することも、慎んだ。そのせいか、どうかわからないが、私の上に、何事も起きずに、日時が、経過した。

四日目に、私は、N探偵社に、寄ってみた。私が、調査を依頼した、女の探偵員は、他の調査で、出掛けていたが、報告書は、既に出来上がっていた。私は、近くの喫茶店に入って、タイプ印刷された数ページの報告書に、眼を通した。

ご依頼の件につき、ご報告致します。田島富子さんは、貞淑な、奥様のように、見受けられます。

調査した結果では、ご主人の他に、男の存在は、確認されません。ここ四日、五日の行動ですが、特別に、外出されたことは、ありません。訪問客は、親戚の高木良子が、五日前、十一月二十一日に、訪ねて来ただけであります。彼女については、よくご存じのことと思いますので、省略致します。

十一月二十三日の、田島富子さんの行動は次のとおりです。

午後四時―近くのマーケットに、夕食の買い物に出かける。帰宅五時頃（マーケットで近所の吉村貞子に会う。確認済）

午後五時〜八時―自宅で、テレビを見る（確認は出来ませんが灯の点いていたことは、近所の人が、見ております）

午後八時―都電通りの、樫村薬局で、風邪薬を買う（これは薬局の主人に会い、確認しました）

午前二時（二十四日）―電話で、ハイヤーを呼び、病院へ向かう（確認）

以上の通りであります。したがって、二十三日は、特に、外出はしなかったと、考えてよいと、思います。

報告書は、まだ続いていたが、私は、読むのを止めて、ポケットに、しまった。どうやら、事件の日に、妻は、電話で、私の事故を知るまでは、家にいたらしい。そのことさえわかれば、あとは、問題では、なかった。とにかく、妻は、私を、殺そうとは、しなかったのだ。

その夜、私は、かつてないほどの強さで、妻を求める。罪亡ぼしの気持ちも、手伝っていたのかも知れない。何も知らない妻は戸惑いしながらも、息を弾ませて、私に応じた。妻を、可愛いと、思ったのは、この時が、初めてだった。

7

妻の富子が、シロとなると、残るのは、業務課長の、山田信介と、販売係長の朝日奈徳助の、いずれかということになる。あるいは、二人が、共謀して、私を、消そうとしたことも、考えられなくはないのである。

私は、いらいらしながら、安藤の報告を待った。会社では、わざと、安藤には、近づかないようにしているのだが、それでも、憔悴に、駆られて、つい、彼の顔に、眼が走ってしまう。しかし、調査が、進まないと、みえて、安藤は、なかなか、私に、報告を、持って、来なかった。こちらから、督促出来ることでもないので、待つより仕方がない。

私は、落ち着かない気持ちで、安藤の報告を待った。勿論、その間にも、私は、私で、それとなく、山田信介や、朝日奈徳助の様子を、観察はしていた。

朝日奈は、相変わらず、私に対して、卑屈であった。販売係長の地位で、満足しているようにも見えるときがあるが、私は、欺《だま》されるなと、自分にいい聞かせた。地位や名誉に執着を持たない人間は、いない筈だし、卑屈さは、往々にして傲慢さの、裏返してあることが、多いからである。

私は、一緒に、飲みに行かないかねと、朝日奈を、誘ってみた。彼が、飲めるかどうか知りたかったからだが、彼は「私は、アルコールは苦手ですから」と断った。勿論、私は、信用しなかった。

山田信介は、相変わらず、野心満々の顔をしている。部長の椅子への執着は、ますます強まっているように見えた。彼なら、私を殺すことぐらい、しかねなかった。

安藤に、調査を依頼してから、七日目の午後である。

私の机の電話が、鳴った。受話器を摑むと、安藤の声が、聞こえた。時計を見ると、三時の休憩時間である。

「外に出て、そこから、掛けているんです」

と、安藤は、いった。私は、課長室に、誰も、いないのを確かめてから、

「わかったのか？」

と、訊いた。

「だいたいのところは、わかりました」

「それで、業務課長と、販売係長の、どっちが、臭い？」

「電話では、ちょっと——」

安藤は、低い声になって、いった。

「それも、そうだな」

私も、頷いた。喋っている最中に、誰かが部屋に入ってくる心配も、あった。

「明日の日曜日に、お会い出来ませんか？」

と、安藤がいった。私は予定表を見た。

「私は、いいが——」

「釣りは、お好きですか？」

「まあね」

「それなら、S川で、お会いしましょう。釣りに来て、偶然、会ったことにすれば、誰もあやしまんでしょう」

「そうだな」

私は、ちょっと考えてから、行くことを、約束して、電話を、切った。

翌日の日曜日は、どんより曇っていて、薄寒い日だった。どう、考えても、釣り日和《びより》とはいえなかったが、釣りが目的ではない私は、道具を持って、家を出た。勿論、妻には、釣りに行くとしか、いわなかった。

S川は、東京と、埼玉の境を流れる川で、その流域は、まだ野趣を残している。私が、約束の場所に着いたとき、安藤は、先に来て、釣り糸を垂れていた。

私は並んで、草藪に腰を下ろすと、釣り糸を垂れた。静かだった。人の気配もない。秘密の話を聞くには、恰好の場所のように、思えた。

「調べた結果を、聞かせてくれないか?」

と、私は、浮子《うき》を見ながら、いった。

「朝日奈徳助の方から、話します」

安藤は、乾いた声で、いった。

「彼は、本当に、酒が、飲めません。匂いを嗅いだだけで、赤くなってしまう口です。それに、十一月二十三日には、会社から、真っすぐ家に帰っています。彼は、見かけどおりの、小心な男です。課長を殺すような勇気の持ち主じゃありません。係長の椅子を、ごしょう大事に、守っていくような人間です」

「朝日奈でないとすると、業務課長の、山田信介ということになるな?」

「彼は、酒が、強いですよ」

「そんなことだろうと、思った」

「それに、課長も、ご存じのように、野心家です」

「そのことは、私も、知っている。部長の椅子を、狙っていることも、知っているのだ。そのためには、私が、邪魔なこともね。やはり、私を殺そうとしたのは、奴だったのか?」

「残念ながら、違います」

「違う?」

「十一月二十三日には、アリバイが、あります。あの夜、業務課長は、F玩具の社長と、築地の料亭で、飲んでいるんです。課長も、ご存じの『菊乃』という料亭です。ここを出たのが、十一時。車で、家まで送られています。調べたのですから、間違いありません」

「しかし、朝日奈でも、山田信介でもないとすると、私を殺そうとしたのは、一体、誰なんだ?」


私は、怒鳴るように、いったが、そのとき、一人、肝心な人間を忘れていたことに気づいた。タイピストの松山弘子である。私は、遊びのつもりで、つき合っていたのだが、彼女の方では、案外、真剣だったのかも知れない。若い女の気持ちというものはわからない。もしかすると、彼女は、私が、妻と別れることを、期待していたのかも知れない。もし、そうだと、したら――。

「あの女か」

と、私は、声に出して、いった。

「誰です?」

「いや――」

私は、言葉を濁した。松山弘子との関係は、安藤にも、知られたくなかったからである。しかし、意外なことに、安藤は、にやッと笑うと、

「タイピストの、松山弘子のことですか?」

と、私の顔を、覗き込むようにいった。私は愕然とした。

「何で、彼女のことを、知ってるんだ?」

「何となく――」

と、安藤は、言葉を濁したが、私は、松山弘子が、彼に喋ったのではないかと、思った。他に、考えようがない。あるいは、彼女と、ホテルに、入るところを、安藤に見られたのかも知れない。いずれにしろ、私は、苦いものが、こみあげてくるのを感じた。

安藤に弱味を、握られたことになるからである。単なる忠実な犬だと思っていたのだが、安藤という男は、案外、油断のならない男かも、知れぬ。

私は、黙って、安藤を睨んだ。誰にも、松山弘子のことを、喋るなと、言外に、匂わせたつもりだったが、彼は、別なことをいった。

「松山弘子は、違いますよ」

と、安藤は、いった。

「違う? 何のことだね?」

「課長が、彼女を疑っているのなら、違うということです。松山弘子は、課長を、殺そうとした人間じゃありませんよ。彼女の気持ちは、それほど、真剣な気持ちでいるとは、思えません。それに、もっと、ドライです。得にならないことは、しない筈です」

「松山弘子のことを、随分、よく知っているじゃないか」

私は、皮肉を籠めていったが、安藤の表情は変わらなかった。

「二、三度、つき合ったことがあるんです」

「そうか――」

私は、何となく、気勢が、削がれるのを感じた。

苦笑せざるを得なかった。松山弘子が自分に夢中だと、信じていたのだが、どうやら、私の自惚《うぬぼ》れだったらしい。彼女の方でも、適当に、やっていたらしい。

「しかし、松山弘子が、完全に、シロとは、わからないだろう?」

「彼女は、シロですよ」

「調べたのか?」

「調べませんが、僕には、わかるんです。彼女は、犯人じゃありませんよ。課長を殺そうとした男は別に、いますよ」

「男——?」

私は、訊き咎めて、安藤を、見た。

「何故、私を殺そうとした人間が、男だと、わかるんだ? 女かも、知れんじゃないか?」

「男です。間違いありません」

「何故、男だとわかる」

「課長を殺そうとしたのが、僕だからですよ」

8

私は、ぼんやりと、横に腰を下ろしている安藤の顔を見た。彼の顔が、ひどく、固く見えた。

私には、彼が、何をいったのか、咄嗟には、わからなかった。

「君が——私を?」

私は、訊いた。

「そうです。僕が、犯人ですよ」

安藤は、ひどく、落ち着いた声で、いった。が、私には、まだ彼の言葉が、信じられなかった。安藤が、下手《へた》な冗談を、いっているのだろうという気持ちが、あったからである。

「下手な冗談は、止めてくれ、私は、真剣なんだ」

「冗談をいってるわけじゃありません。僕は真面目ですよ」

「真面目？　本当に、君が、私を殺そうとしたのか？」

「僕が、殺そうとしたんですよ」

安藤は、冷静な口調で、繰り返した。やっと、私にも、彼の言葉が、嘘でも、冗談でもないことが、わかってきた。驚きとも当惑ともつかぬ気持ちが、私を襲ったが、不安や、恐怖は、まだ湧いて来なかった。安藤には、私を殺す理由がない筈だからである。私を殺して、彼に、どんな得があるのか。

「驚いていますね」

安藤は、笑った。

「僕の言葉が、そんなに意外ですか？　僕を、単なる忠実な飼犬だと、思っていたんですか？」

「何故、君は、私を殺す必要があるんだ？」

「動機ですか？」

「朝日奈か、山田に、私を殺すように、頼まれたのか？」

「違いますよ。僕は、自分の意志で、課長を殺そうとしたんです。他人の意志で動くのは、嫌になりましたからね」

「それなら、理由は、何だ？　私を殺しても、一文の得にもならない筈だ」

「誰もが、そう思うでしょうね。それが、僕の狙いだった。課長を殺しても、僕は、疑われずに、済む」

「ただ、楽しむために、私を殺そうとしたのか？」

「それほど、僕は、閑人じゃありませんよ。課長が、死ねば、僕が、得をするからです」

「私が死ぬことが、何故、君の得になる?」

「わかりませんか?」

安藤は、また、にやッと、笑った。

「課長が、いなくなれば、販売係長の朝日奈徳助が、課長になる。そうなれば、係長の椅子が空《あ》く。僕が、その椅子に、つけると、いうわけです。僕は、平社員で、あることに、あきあきして来たんです。結婚も、出来ませんからね。ところが、係長の朝日奈は、無気力で、自分から、課長の椅子を狙う、ファイトを持っていない。係長の椅子に、れんれんとしている。彼が出世してくれない限り、僕はいつまでたっても平社員で、いなけりゃならない。だから、強制的に、奴を、押し出してやろうと、思ったんです」

「それなら、何故、朝日奈徳助を、殺さないいんだ?」

「馬鹿なことは、いわんで下さい。彼を殺したら、次席の僕が真っ先に疑われてしまう。貴方なら、僕は、疑われない。疑われるのは、業務課長か、朝日奈ですからね。僕には、動機がないからです。そのくせ、トコロテン式に、僕は、係長の椅子を摑むことが出来る」

「三年待てば、私は、営業部長になる。そうすれば、君のいうトコロテン式で係長の椅子につけるじゃないか?」

「三年は、長過ぎますよ」

安藤は、吐き出すように、いった。

「それに、部長の椅子が空いても、貴方が、その椅子につくとは、限っていない。業務課長の山田信介が、部長になるかも知れない。そうなったら、朝日奈も、販売係長のままだし、僕も平社員のままで、我慢しなければならない。次席などというのは、肩書だけで平社員と同じですからね。僕は、三年後の、あやふやな希望よりも、現在の確実な賭の方に、魅力が、あったんですよ。貴方が死ねば、僕は、確実に、係長になれる」

「――――」

どす黒い恐怖が、初めて、私を捕えた。安藤の論理は、めちゃめちゃだが、彼の殺意だけは、本物だと、感じたからである。私は、その場から、逃げようとしたが、その鼻先に、安藤は、ナイフを、突きつけた。私は、背筋に、冷たいものが走るのを感じ、足が、すくんだ。

「君は――?」

と、いったが、あとは、声にならない。安藤は、口元を歪めた。

「そうですよ」

と、彼は、いった。

「貴方を殺すために、此処《ここ》へ、呼んだんです。此処なら、誰も来ない。誰にも見られずに、貴方を殺すことが出来る」

「しかし、私の妻は、君と、S川に来たことを知っているぞ」

「下手な嘘は、止めて下さいよ」

安藤は、にやにや笑い出した。

「貴方は、今度のことは、誰にも内緒で、調べようと思っていた。その貴方が、奥さんに、僕と会うことを、話す筈がない」

「――――」

私は、黙ってしまった。安藤の、いうことが、図星だったからである。

しかし、私は、助かりたかった。こんな男に、殺されては、堪らない。

「しかし、警察が、調べたら――」

「僕には、動機が、ありませんよ。アリバイですか？　今日は僕は、ある女のところに、いることになっているんです。松山弘子じゃありません。別の女です。僕が係長になったら、結婚する筈の女ですよ。僕は、絶対、安全なんです。貴方は、ひとりで、釣りに来て、この辺りの不良に刺されて死んだんです」

「待ってくれ」

「駄目です」

安藤は、冷酷な、いい方をした。私は、悲鳴を、あげようとしたが、声にならない。安藤の顔が、急に、凶悪さを増した。

私は、観念した。

「馬鹿な真似は、止めるんだ」

ふいに、太い声が、した。

私が、いったのではない。勿論、安藤が、そんなことを、いう筈がない。

「止めろ」

今度は、怒鳴りつけるような声になった。私は、眼の前の安藤が、醜く、引きつるのを見た。

彼は、ひどく、のろのろと、手にしたナイフを、草の上に、捨てた。

私は、自分の背後に、人の気配を感じて、ふり返った。救い主は、難しい顔で、突っ立っていた。その顔に、私は、記憶があった。

病院で、私を、訊問した、木崎という刑事である。

「大丈夫ですか？」

と、刑事は、私に、いった。

「調べてみて、貴方が、本当に狙われたことがわかった。だから尾行することにしたのです。貴方を狙った犯人は、必ず、もう一度、貴方を殺そうとする筈だと、思いましたからね」

私は、安藤を見た。

もう一人の、背の低い刑事が、手錠をかけて、彼を、立ち上がらせようとしているところだった。

いかさま

1

松崎は、小さな商事会社のサラリーマンである。年齢は二十七歳。まだ結婚していない。

酒は呑まない。煙草は一日十本くらい。仕事も、ばりばりやるほうだ。サラリーマンとしたら模範生みたいなものだが、一つだけ、困った道楽があった。

麻雀である。

もちろん、今時のサラリーマンが、麻雀がきらいといったら、かえって、おかしいということもできる。それほど、賭け事というやつは、サラリーマンの間に流行しているが、松崎の場合は、いささか、病膏肓《やまいこうこう》なのである。

最初から、もちろん、そうだったわけではない。他人のやっているのを見ていて、面白そうだと思って習い始めたのである。

今の麻雀は、インフレルールで、運七分に技術三分といわれる。だから、ついていさえすれば、覚えたてでも勝つことができる。それが、いけなかったのかもしれなかった。最初に勝ったことが、松崎を、麻雀のとりこにした。

だが、ここまでは、たいがいのサラリーマンのたどる道といえるだろう。そのうちに、勝ったり負けたりが始まり、麻雀も面白いが、ほどほどにしたほうがいいと考えるようになる。負け続けたりすれば、もう絶対に、手を出すまいと考えたりもする。それが普通なのだが、松崎の場合は、少し違っていた。

生まれつき、博才《ばくさい》があったのかもしれない。あるいは、そのほうの運が強く生まれついているというのかもしれない。とにかく、仲間の誰とやっても、負けることが、ほとんどなかった。

最初に勝ったことが、松崎を、麻雀に引きつけさせ、勝ち続けることが、彼に、自信と快感を与えた。まるで、人生にまで勝ち続けているような気持にさせるのだ。

一年もすると、社内に相手がいなくなった。何度やっても、負ける気がしないのだ。勿論、勝つことは楽しいし、いくらかは賭けているから、金も入ってくる。が、もっと強い相手も欲しくなってくるのが、人情だった。

取り引きのある他社の社員とも、何度となくやった。どの社にも、一人か二人、腕自慢がいるものである。そんな連中とやっても、松崎は、負けなかった。勿論、まったく、つかないときもある。そんなときには、どうやっても上がれないものだが、松崎は絶対といっていいほど、相手に振り込まず、沈みを最小限に喰いとめた。次に、大きく勝った。トータルすると、結局、彼が勝つのだ。

松崎が、町の麻雀屋に、麻雀だけで食べているプロがいるものだと知らされたのは、その頃だった。そういう連中は、たいてい、二人か三人で組んでいて、カモがくるのを待っているものだという。それについての記事が週刊誌に載っているのを見つけて、松崎は、熱心に読み耽《ふけ》った。

だが、読んでも、そんな連中が怖いとは思わなかった。むしろ、プロといわれる連中と、一度、戦ってみたいと思った。

2

松崎は、都内の麻雀屋を、『彼等』を探して歩いた。自分では、昔の武士が武者修行しているような気持だった。だが、なかなか、プロらしい相手にぶつからなかった。

六月の終わりの日曜日だった。

昼頃、松崎は、新宿のAという麻雀屋に足を踏み入れた。

麻雀屋の客は、サラリーマンが多い。それだけに、会社の終わるウィークデイの六時以後か、土曜日の午後が混むが、日曜日は、他のレジャーと違って、空《す》いているものである。

その麻雀屋も、がらんとしていた。

松崎が、扉を押して中に入ったときも、隅の卓で、一組が、パイを掻き廻していただけだった。

だが、もう一つの卓に、三人の男が腰を下ろして、所在なさそうにしている姿も、松崎の眼に入った。麻雀は、四人でやるものだから、一人欠けていることになる。

松崎は、何となく、その三人の様子を眺めた。どうみても、普通のサラリーマンには見えなかった。どこか、崩れた感じがするのだ。

(この連中が、いわゆるプロと呼ばれる人間だろうか?)

松崎は、何となく、ぞくぞくとした。武者ぶるいといっていいかもしれない。松崎は、三人に近づいて、

「遊ばせて貰えませんか?」と、声をかけた。

三人は、黙って、顔を見合わせた。

「あとから、一人来るんでね」

と、細面の男が、ぼそぼそした声で、いった。

「だから――」

「それまででいいですよ」

松崎は、さっさと、空《あ》いている椅子に腰を下ろし

た。

「お互いに、時間を持て余しているんだから、やろうじゃありませんか」

「だがね――」

「金は持ってますよ。レートは、いくらでも構いません。千点百円でも、一点一円でも。やりましょうよ」

三人は、また、顔を見合わせた。今度は、一番年かさと思われる男が、「じゃあ、やろうかね」と、いった。

千点百円ということで、始められた。

二万七千点持ちの三万点返しだから、全然浮き沈みがなくても、三千点のマイナスということになる。が、このルールは、松崎がいつもやっているものと同じだった。

松崎は、息を殺すような気持で、最初の配パイに眼をやった。よい手であった。ピンフで簡単に上がれそうだった。そして、上がれた。松崎は、何となく、拍子抜けした気持だった。

週刊誌で読んだ『プロの手口』という記事には、次のようなことが書いてあったからである。

二人か三人が組んでいるから、カモにされる人間は、絶対に上がることができない。また、彼らの間には、あらかじめ符丁がしめし合せてあって、「今日はツイてねえや」といったら、万子《マンズ》が欲しいという合図だったり、煙草をくわえたら、テンパイの合図だったりするのだという。

だが、いくら注意深く、松崎が三人を観察しても、お互いに合図をしあっているようには見えなかった。

そして、松崎は、ときどき、上がった。職場の同僚とやっているときのように、いくらでも勝つというわけにはいかなかったが、一荘《イーチャン》が終わったときには、三千点ほど浮いていた。

「あ、来たな」

と、年輩の男が、入口のほうを見て、いった。背のひょろ高い男が入って来たところだった。

「あんたの来るのが遅いから、この人に、相手をして貰っていたのさ」と、年輩の男は、相手に、いった。男は、妙に乾いた眼で、松崎を見た。他の二人は、黙っていた。

松崎は、約束通り、三百円を貰って、その麻雀屋を出た。

(プロだと思ったが、そうじゃなかったらしい)

と、初夏の陽差しの中を歩きながら、松崎は、思った。下手《へた》ではないが、松崎と大して違わない腕前の連中のように見えた。サラリーマンではないが、カタギの連中なのだ。どこかの商店主か何かだろう。

(だが――)

今の麻雀を、ふり返りながら、考えているうちに、松崎は、だんだん、妙な気持になってくるのを覚えた。何かおかしかったと思う。今まで、やってきた麻雀と、どこか違うような気がするのだ。だが、どこが違うのかと考えてみると、わからなくなってしまう。

よい手が、何回か来た。ときどき、上がれた。相手に振り込みもした。いつもと、どこも違いはしない。

(だが、どこか、違っていたのだ)

松崎は、考え込んでしまった。家に帰って、夕食をとっているうちに、その何かに、松崎は気がついた。

(緑発《リュウハ》が、一度も、自分の手に来なかったのだ)

3

麻雀のパイは、百三十六枚ある。そのうち、緑発と呼ばれるパイは、四枚である。

百三十六枚中の四枚。三十四枚のうち一枚は、緑発なのだ。そのパイが、一度も、彼の手に来なかったのだ。

松崎は、冷静に考え直してみた。が、今日の麻雀で、緑発を手にした記憶はなかった。

(偶然だったのだろうか?)

と考えてみた。

全然、考えられなくはない。一荘戦う間、一度も、緑発を持ってこないということも、理論的には、あり得るかもしれない。

(だが)

と、思う。あまりにもできすぎた偶然ではあるまいか。今までの麻雀を思い出してみても、一荘戦う間に、特定のパイが、一度も来なかったという記憶はなかった。

(緑発なしにやっていたのだろうか?)

とも考えた。

だが、それも違っている。麻雀を何年もやっていれば、パイを掻きまぜただけで、何枚か少なければ判るものだ。

それに、年輩の男が、緑発と紅中《ホンチユン》をポンして、白を頭で小三元で上がったのを、松崎は憶えている。

緑発のパイは、あったのだ。だが、それが、一枚も、彼の手には入ってこなかった。

翌日、松崎は、会社に出ると、麻雀好きの友人に、きいてみた。

「一荘やって、一枚も緑発を持ってこないことがあり得ると思うかね？」

「理論的にはあり得るだろう」

と、友人は、笑いながら、いった。

「だが、実際には、どうかね。まあ、あり得ないだろうな。一枚ぐらいは、持ってくるよ。半荘《ハンチャン》ゲームだって、八回やるわけだろう。連荘《レンチャン》ということになれば、回数は多くなる。まあ、必ず持ってくるといってもいいだろうね」

「俺も、そんな気がするんだが——」

「一体、何があったんだ？」

「昨日、新宿でやったんだが、一度も、緑発を持ってこなかったんだ」

「配パイのときにかね？」

「配パイのときは勿論だが、あとのツモのときにもさ」

「本当かねえ」

「本当なんだ」

「妙な話だが、本当とすれば、ものすごい偶然というべきだろうな」

「ああ」

と、松崎はうなずいたが、気持は、すっきりしなかった。

（本当に、偶然だったのだろうか？）

それがわからず、気になってならなかった。

（三人が組んで、俺のところに、緑発が来ないようにしたのではないか）

そんな気もするのだ。だが、もしそうだとしたら、なぜ、そんな細工をしたのか、まったくわからない。

麻雀は、緑発がなければ勝てないというものではない。むしろ、一枚しかない緑発は、邪魔なだけである。

また、組んでインチキをするのなら、そんなつまらないことをせずに、松崎を絶対に上がらせないようにすべきではないか。だが、松崎は、何度も上がれたし、一荘が終わったときには、三千点勝っていたのだ。

（わからない）

それが結論だった。

4

だが、麻雀好きの松崎には、気になって仕方がなかった。

友人は、どうでもいいことじゃないかと笑うが、松崎にとっては、どうでもよいことではなかった。

次の日曜日に、松崎は、同じ麻雀屋に足を運んだ。どうしても、気になって仕方がなかったからである。もう一度、あの連中とやってみれば、本当の偶然かどうかがわかるだろう。

だが、あの三人は、来ていなかった。

次の日曜日にも、松崎は、同じ店に行った。こうなれば、意地であった。

扉を開けた途端に、あの三人の姿が眼に入った。また、一人来ていないらしい。

松崎は、近づいて声をかけた。

「先日はどうも」

と、いうと、三人は、あの時と同じように、黙って、顔を見合わせた。年輩の男、細面の男、そして、ずんぐりと太った男。間違いなく、あのときの三人だった。

「あのときは、勝ち逃げしたみたいな形になっちゃって、悪いと思っていたんです」

「あんたが、ツイてただけさ」

年輩の男が、無表情に、いった。

「気にすることはないよ」

「そうでしょうか、気持が悪くて。どうですか。もう一度やりませんか」

松崎は、空いている椅子に腰を下ろした。どうしても、もう一度、やる気になっていた。その気持が、相手にも、わかったらしい。

「仕方がない」

と、年輩の男が、いった。

「一荘だけやるかね」

と、他の二人の顔を見た。

サイコロを振って、松崎が親荘《チイチャ》になった。

パイを掻きまぜるときに、注意深く見ていたが、緑発は、ちゃんと入っていた。あとは持ってくるかどうかということである。今日も、一枚も手に来なかったら、偶然が信じられなくなるだろう。何かあるのだ。

親は、十四枚のパイを持って来て、まず、一枚、場に捨てる。

松崎は、自分の持ってきた十四枚のパイを、じっと眺めた。

(あるッ)

と、思った。

緑発が、ちゃんと、手のうちにあるのだ。しかも、二枚も来ている。

松崎は、拍子抜けしてしまった。何かあると思ったのは思い違いだったのかもしれない。

「どうしたのかね?」

細面の男が、いった。

「あんたの番だよ」

「あっ」

と、松崎は、あわてて、パイを捨てた。

「あんまりいい手が来たもんだから、ぼんやりしちまったんです」

「じゃあ、今日も、ツイてるというわけだね」

と、年輩の男が笑った。

「警戒せんといかんかな」

本当は、あまり、ツイてはいなかった。親のとき、満貫《マンガン》に振り込んでしまったのだから。

半荘が終わったとき、松崎は、一万点ほど沈んでいた。

だが、次の半荘で、松崎は、少しずつ、挽回していった。軽い手がついて、続けて上がれるようになった。一万点沈んでいたのが、逆に、六千点ほど、浮いてしまった。

「なるほど、あんたは、今日も、ツイてるようだな」

と、年輩の男が、笑いながら、いった。

「ええ。まあ」

松崎は、にやっと、照れたように笑ったが、その笑いが、途中で消えてしまった。

あることに気がついたからである。もっと早く気がつくべきことだったのだが、緑発が来るので、気がつかなかったのだ。

(紅中が来ない)

のである。

紅中のパイも、緑発と同じく、四枚である。そのパイを、一度も、一枚も、持ってこないのだ。

そのパイが抜けているわけではなかった。掻きまぜるときにはちゃんとあるのに、いざとなると、全然持ってこないのだ。

(偶然だろうか)

そうは思えなかった。あまりにも、妙なことが、重なりすぎるからだ。前のときには、一荘やる間に、一枚も、緑発を持ってこなかった。このときだけなら、偶然を信じられる。現に、今日、配パイのとき、緑発があるのを見て、この間は、偶然、ああだったのだと、思った。

だが、二つ重なると、偶然とは思えなくなる。

(何かある)

と、思ったが、わからなかった。わからぬうちに、一荘が終わってしまった。

「今日も、あんたは、ツイていたね」

と、年輩の男は、にこにこ笑っている。他の二人は、面白くなさそうに黙っていた。

「もう一荘やりませんか」

と、松崎は、いった。どうしても、紅中が来なかった理由を知りたかったからである。これが偶然でなく(二度も続けば、どう考えても、偶然とは思えない)、三人が、しめし合わせて細工をしたものなら、その理由を知りたかった。

恐らく、いかさまが、巧妙に行なわれたのだ。先日は、緑発のパイが、松崎のところへ来ないように。そして、今日は紅中のパイが来ないように。

だが、なぜ、そんな面倒なことをしたのか、全然、松崎にはわからない。いかさまというのは、相手に勝たせないために行なわれるもののはずである。

だが、先日も今日も、松崎は、勝っている。いかさまの意味がないのだ。どう考えても、わけがわからないのだが、わからないだけに、余計に理由を知りたくなる。

「どうですか」

松崎は、熱心に、三人の顔を見廻した。

「もう一荘、やろうじゃありませんか？」

「もうじき、約束した奴が来るんでね」

細面の男が、ぼそぼそした声でいう。

「その人が来るまででいいですよ。来たら止《や》めるということでどうですか？」

「止めときましょう」

年輩の男が、笑いながら、いった。

「あんたは、ツキ過ぎてるようだからね。もう一度やっても、カモられるだけだから」

（嘘だ）

と、松崎は、思った。特定のパイを、絶対に、松崎に渡さないくらいの細工ができる男が、カモられることを心配するとは考えられなかった。

（どうもわからないな）

と、松崎が首をひねったとき、今まで、黙りこくっていた小太りの男が、

「来た」

と、いった。他の二人の男の顔に、ほっとした表情が現われるのを、松崎は見た。

松崎は、入口に眼をやった。

先日は、ひょろりと背の高い男だったが、今日は、和服を来た女だった。

三十歳くらいの女である。一見して、カタギの女には見えなかった。もっとも、こんな時間に、麻雀屋に出かけてくるカタギの女は、そう多くはないだろう。

松崎は、椅子を立たざるを得なかった。

5

次の日曜日にも、松崎は、Aというその麻雀屋に出かけた。どうしても、不思議でならなかったからである。彼には、納得できるまで、突きつめていく

ようなところが、昔からあった。

店の中は、がらんとしていて、あの三人は来ていなかった。

松崎は、店番をしていた中年の女に、声をかけた。

「前の日曜日に、隅の卓で麻雀をやっていた連中のことなんだがね」

と、彼は、いった。

「常連らしいが、どんな人たちなのか知らないかね？」

「お客さまのことは、あんまり知らないんですよ」

女は、あまり興味のなさそうな顔で、いった。

「しかし、常連だと思うんだがね」

松崎は、根気よくきいた。

「年輩の男と、細面の男、それに小柄で、ずんぐりした男の三人で、いつも誰かを待っている三人連れだよ。この間の日曜日には、この三人に、和服の女が入って、遊んでいたんだがね。憶えていないかねえ？」

「憶えていませんよ」

と、女は、相変わらず、興味のなさそうな顔で、いった。

（本当に、知らないのだろうか？）

松崎は、じっと、女の顔を見た。女は、顔を横に向けてしまった。どうも、様子が、おかしかった。女が、嘘をついているとしか思えない。

「実はあの三人に、お金を借りているんでね」

と、松崎は、嘘をついた。

「どうしても、返したいんだ。だから、知っていたら、どこの誰か、教えてくれないかね？」

「――――」

女の表情が、ちょっと変わった。が、すぐ元の無表情に戻ってしまった。

松崎は、一時間ほど、ねばっていたが、あの三人組は、とうとう姿を見せなかった。

次の日曜日にも、松崎は、その店に出かけていった。

だが、あの三人の男は、姿を見せなかった。

次の日曜日も同じである。

そして、あの事件が起きたのである。

八月の暑い日だった。火曜日だったことを憶えている。

会社が終わってから、後楽園でナイターを見た。酒を呑まない松崎にとって、ナイターを見るのは、一つの避暑法でもあった。

終わったのが、十時半である。彼のひいきチームが接戦の末に勝ったので、愉快だった。いつもなら、電車で帰るのだが、その嬉しさのせいで、タクシーを拾った。

アパートのある阿佐谷に着いたのが、十一時ちょっとすぎであった。

アパートの前の通りは、時間のせいもあって、人気がなかった。車が一台、明りを消して止まっているのを、ぼんやり見ながら、松崎は、アパートの入口を入ろうとした。

そのときである。

いきなり、左腕に殴られたような衝撃を受けた。それと、激しい銃声を聞いたのが、ほとんど同時である。

思わず、「あッ」と悲鳴を上げ、松崎は、地面に倒れた。

また、銃声がして、倒れた顔の上を、弾丸の走る音が聞こえた。

腕の激痛がひどく、松崎は、次第に、意識が、もうろうとしてくるのを感じた。その、ぼやけてくる意識の中で、彼は、自動車が走り去る音を聞いたような気がした。

6

気がついたとき、彼の周囲を、白い壁が取り巻いていた。壁も天井も白い。そこが、病院の一室とわかるのには、いくらかの時間が必要だった。

また、腕の痛みが戻ってきた。思わず、悲鳴をあげると、ドアが開いて、若い看護師が、二人の男と一緒に入ってきた。

「もう大丈夫ですよ」

と、看護師は、笑顔を見せて、いった。

「一週間もすれば、退院できますよ」

看護師が、顔を引っこめると、代わりに、二人の男が、上から松崎の顔をのぞき込んだ。

医者と思ったが、白衣を着ていない。二人とも刑事だった。

「大変でしたな」

と、痩せたほうが、太い声で、いった。

「やられたときのことを、くわしく話してくれませんか?」

これが、事情聴取というやつだなと思った。緊張したせいか腕の痛みは、あまり感じなくなった。

松崎は、ナイターを見て帰ったこと、アパートに入ろうとして、撃たれたこと、気を失う寸前、自動車の走り去る音を聞いたような気がすることなどを、思い出しながら、話した。

「すると——」

と、刑事は、いった。

「あんたの勘では、その車から撃たれたに違いないというわけですね？」

「わかりません」

と、松崎は、正直に、いった。

「ただ、そんな気がするだけです」

「車に間違いないでしょう」

と、もう一人の刑事が、断定するように、いった。

「さっき、現場を、もう一度見てきたんですが、かくれるような物かげはありません。ですから、車から狙ったものと考えて、いいと思います」

この言葉は、勿論、松崎にいったのではなく、刑事同士の言葉だった。

「その車ですが」

と、痩せた刑事が、松崎に視線を戻して、いった。

「どんな車だったか、憶えていますか？」

「いや、まさか撃たれると思っていなかったので、よく見なかったのです。それに、明りを消していましたから」

「型ぐらいは、憶えているでしょう？　どうですか？」

「外車じゃなかったと思います。小型でした」

「それから？」

「それだけです」

「――――」

刑事は、軽い失望を見せて、顔を見合わせた。

「では、大事なことをききますから、慎重に考えて、返事をして下さい」

刑事は、言葉を続けた。

「命を狙われるような、何か思い当たることがありますか？」

「命を？」

「そうです。犯人は、あなたを殺そうとして撃ったのです。単なる脅しだったら、一発ですましていたでしょう。二発撃ったのは、確実に、あなたを殺そうと考えたからです」

「しかし――」

と、寝たまま、松崎は、眉をしかめて見た。

「殺されるおぼえなんか、ぜんぜんありませんが――」

「本当にないのですか？」

刑事の顔が、歪んだ。動機がわからなければ、犯人の見当がつかないと考えたからだろう。

「ありませんよ」

と、松崎は、いった。

「殺されるような悪いことは、していませんからね。平凡なサラリーマンですよ。僕は」

「女性関係は？」

「別に」

「別に？　あなたの若さで、好きな女性がいないということはないでしょう？」

「会社の女の子で、つき合っているのが一人いますが、命を狙われるような深い関係じゃありませんよ。第一、その娘は、役人の一人娘で、ピストルで狙うような性格じゃありません」

「水商売の女と関係したことは？　つまり、その女に、ヤクザのヒモがついていたようなことは、ありませんでしたか？」

「ありませんよ」

松崎は、ベッドの上で、笑った。

「僕は、そんなに、モテやしません。それに、酒が呑めませんから、バーやキャバレーに行くことも、めったにありません」

また、刑事は、失望した顔になった。

「誰かと間違えられて撃たれたんじゃないでしょうか？」

　と、松崎は、刑事の顔を見た。

「そんな気がして仕方がないんですが――」

「いや」

　と、刑事は、首を横にふった。

「相手は、あなたと知って撃ったのです」

「なぜ、そうと断定できるんですか？　暗かったから、人違いされる可能性はあったはずですからね」

「違いますね」

　刑事は、冷静にいった。

「今日の夜、あなたのアパートに、男の声で電話が掛かっているのです。管理人によると、しつっこく、あなたのことをきいていたそうです。勤務先、女関係、何時頃帰宅するかなどをね。だから、犯人は、あなたと知って撃ったのですよ。殺しそこねたとわかれば、もう一度狙う可能性がありますよ」

「本当ですか？」

　松崎は、背筋に冷たいものが走るのを感じた。

「本当です」と、刑事は、冷酷にいった。

「だから、心当たりがあったら、ぜひ、話してほしいのですよ。犯人を捕らえるために。そして、あなたを守るためにもです」

「しかし、心当たりがないのですよ」

「いや、絶対に、何かあるはずです。なければおかしいのです。気がつかずに、人に恨まれることをしている場合もありますからね」

「――――」

「女でないとすると、金か。賭けごとは好きですか？」

「ええ、まあ」

「どんなことをしているんですか？　競馬？　競

輪？」

「いや、麻雀です」

その言葉を口にしたとき、奇妙な、麻雀屋でのできごとが、松崎の頭に、よみがえってきた。緑発が、一枚も来なかったこと。紅中が一枚も、手に入ってこなかったこと。

「何か思い出されたようですね？」

と、刑事の一人が、彼の顔をのぞき込んだ。

「何があったんですか？」

「ちょっとしたことです」と、松崎はいい、Aという麻雀屋でのことを、刑事に話して聞かせた。刑事の眼が、大きくなった。

7

「面白い」

と、刑事は、いった。

「なかなか面白い話です」

「しかし、今度の事件とは、関係がありませんよ」

松崎は、笑って見せた。

「僕は、勝ちました。しかし、たかが、九百円です。百万も二百万も巻き上げて、それを恨んでというのならわかりますが、九百円で、殺そうとするなんて、考えられませんからね」

「問題は、金のことより、手に来なかったパイのことですよ」

と、刑事は、いった。

「そのことを、あなたは、どう思いました。偶然だと思いましたか？」

「いや」と、松崎は、いった。

「偶然が、二度も重なるなんてことは、常識では考えられません。だから、三人が組んで――」

「イカサマをやったと？」

「ええ。でも、正確に、イカサマと呼べるかどうかわかりませんね。イカサマというのは、カモになる人間がいて、それを負かして、金を巻き上げるために、やるものでしょう。だが、僕は、勝たせてもらったわけですから――」

「だから、余計に、面白いのですよ」

と、刑事は、いった。

刑事たちは、松崎から、麻雀屋の場所をきくと、病室を出て行った。あの店を調べてみるつもりらしい。

刑事たちは、翌日になって、また、病院に来た。

「麻雀屋は、消えてなくなっていましたよ」

と、痩せた刑事が、松崎の顔を見るなり、いった。

「消えたって、どういうことですか？」

「店を閉めてしまったということです。行方はわかりません。それも、あなたを撃った直後にね」

「ということは、僕が狙われたことと、何か関係が？」

「あると考えるほうが、自然でしょうね」

「しかし、僕には、何のことか、さっぱりわかりませんが」

「つまり、こういうことだと思うのです」

刑事は、ゆっくりと、いった。

「あなたは、知らないうちに、何か大変なことに、巻き込まれたのですよ。他には、考えられない。だから、犯人は、あなたを消そうとしたのだ」

「しかし、僕は、何も知りませんよ」

「犯人のほうでは、そうは思わなかったのでしょうね。あなたは何度も、Aという麻雀屋に行き、しかも、根掘り葉掘り、三人の男のことをきいた。あなたが、秘密を嗅ぎつけた証拠と思ったのでしょう」

「秘密？　僕は、ただ、なぜ、緑発が一枚も来なかったのか、なぜ、紅中が来なかったのか、その理由を知りたかっただけのことですよ」

「恐らく、それが、何か重大なことと、関係があったのですよ」

「あの変てこなイカサマがですか？」

「そうです。妙なイカサマだから、何か意味があるに違いないと思うのです。あなたが、やろうといったとき、三人の男は、喜んで仲間に入れましたか？」

「そういわれてみると、あまり歓迎されなかったようでした」

「そういうことは、麻雀屋の場合、普通ですか？」

「いや、むしろ、不自然でしょうね。メンバーが足《た》りなくて困っているわけだから、歓迎されるほうが当然と思うのですが」

「なるほど。ということは、その三人が、あなたに知られたくないものを持っていたとも、考えられるわけですよ。そして、ゲームが始まると、最初のときには、緑発のパイを、あなたの手に渡さないように、イカサマをした。つまり、そのパイに、何か秘密があったということも考えられる」

「麻雀のパイにですか？」

「そうです」

と、刑事は、いった。

二人の刑事には、何か思い当たることがあるようであった。だが、松崎には、何の説明もしてくれずに、その日は、帰っていった。

翌日、再び訪ねてきたとき、二人の刑事は、大きな風呂敷包みの中に、何枚も顔写真を詰め込んでいた。

「これは、前科者写真の一部です」

と、刑事は、写真を取り出しながら、松崎に説明した。

「この中に、あなたが会ったという三人の男がいるかもしれません。ですから、よく見て頂きたいのです」

「――――」

松崎は、黙ってうなずいた。

何百枚もある写真を、一枚一枚見ていくのは、楽ではなかった。

それに、病室は、せまいのと風通しの悪さとで、むし風呂のような暑さになっていた。

松崎も、刑事たちも、すぐ、汗びっしょりになってしまった。

「少し休みましょうか?」

と、刑事がいったとき、松崎は、五十枚目くらいの写真を眺めていた。

「この男――」

と、松崎がいうと、刑事の眼が、きらりと光った。

「三人のうちの一人ですか?」

と、きく。

松崎は、首を横にふった。

「違いますが、最初のとき、あとから来て、三人と麻雀を始めた男のような気がするのです」

「確かですか?」

「ええ」

松崎が、うなずくと、二人の刑事は、顔を見合わせた。

「助かりましたよ」

と、痩せた刑事が、いった。

「これで、あなたを狙った犯人も、理由もわかりましたよ」

「僕には、さっぱりわかりませんが？」

「この男は――」

と、刑事は、顔写真に眼をやった。

「大野五郎という名前で、麻薬の密売で、前に逮捕されたことのある男なのです」

「――」

「彼が、その店に現われたということは、その店も、三人の男も、麻薬の売買に関係していたと考えて、いいと思います」

「麻雀屋がですか？」

「そうです。おそらく、こんなことだったと思うのです。薬《やく》を麻雀のパイの中に仕込んで、取り引きしていたに違いないと、私は思う。例えば、緑発のパイとか、紅中のパイにね」

「それで？」

「そうです。ところが、何も知らないあなたが、ふいにやってきて、三人に、遊ばせてくれといった。あまり断ったのでは、妙に疑われてしまうと考えて、三人は、あなたを、いやいや仲間に入れて、麻雀を始めた。だが、緑発のパイには、薬が詰め込んである。あなたの手に渡ったら、感触で、わかってしまうかもしれぬ。三人は、それを恐れて、必死になって、緑発のパイが、あなたの手に行かないように、イカサマをやった。次にあなたが行ったときは、紅中のパイに、薬が詰めてあったに違いありません。だから、今度は、紅中のパイが、あなたの手に行かぬようにイカサマをやった」

「――」

「ところが、不審に思ったあなたは、彼らを追い廻した――」

「僕は、麻薬のことなんか、全然、考えもしなかった」

「あなたにはそうでも、向こうでは、てっきり感づかれたと思ったに違いありません。だから、あなたを殺そうとしたのです」

刑事たちは、椅子から立ち上がった。

「連中は、すぐ逮捕しますよ」

と、約束するように、いった。


松崎が、退院する前日、あの男たちが、警察に逮捕されたというニュースが、新聞にのった。

自供によれば、刑事が、松崎に話してくれたことと、違いはなかった。

松崎は、退院して、会社に戻った。

麻雀は、相変わらずやっている。

雨の中に死ぬ

1

雨が降っていた。

冷たい冬の雨である。みぞれに近かった。

夜に入っても、やむ気配がない。そのためか、十時をすぎると、盛り場の人影も、急に少くなった。

その男が、片手で腹を押さえ、路地裏からよろめき出て来たときも、雨の中に、人の気配はなかった。

中年の男だった。くたびれた背広は、雨に濡れて、黒ずんでいた。

男は、片手で、電柱に摑まった。が、急に力つきたように、ずるずると濡れた舗道に、崩れ折れてしまった。

男の腹のあたりから、真赤な血が吹き出している。その血を、雨が流している。

「助けてくれ」

と、男は、いった。が、その低い叫び声は、雨の音に消されてしまった。

水しぶきをあげて、タクシーが通り過ぎた。運転手は、ちらッと、倒れている男に眼をやったが、酔っ払いと思ったのだろう。ちょっとスピードを落しただけで、通りすぎてしまった。

男は、顔を上げて、周囲を見回した。人の姿は何処《ど》処《こ》にもない。口を開けたが、もう、助けを呼ぶ声も出ないようだった。

血は、まだ、流れ続けている。男の顔は、次第に、血の気を失っていった。

男は、血に染まった指先で、舗道に、何かを書こうとした。だが、降り続く雨がそれを消してしまうのだ。

絶望が、男を捉えたようだった。

男は、何かを知らせたいのだ。だが、人の気配はないし、舗道に書いた文字は、雨に消されてしまう。

また、タクシーが、通りすぎた。が、男には、手をあげて止める力はもう残っていなかった。

男は、うつろな眼で、血に染まった掌を見つめた。指先は、硬直しかけていた。

男は、ゆっくり、左手の小指を、折った。その上に、親指を折って、重ねた。人差指、中指、薬指は、伸ばしたままだ。

「三」

と、男は、小さな声で、呟いた。が、それは、殆ど声になっていなかった。男は、最後の力を、ふりしぼって、左手を伸ばした。誰かに見て貰いたいとでもいうように。

だが、誰も見てはいなかった。

夜の闇があり、雨だけが降り続いていた。

2

朝になって、雨はやんだ。

鈍い陽の光が、雨に濡れた舗道を照らし出した。

朝帰りのホステスが、舗道に倒れている男を発見した。彼女も、最初は、酔っ払いが倒れていると、思ったらしい。彼女には、見あきた光景の一つのように、映ったのだ。

一度、通りすぎてから、急に可哀そうになって、声をかけたのだという。屈み込んだ時、彼女は、血の匂いを嗅いだ。

警察が駈けつけた時、男の身体は、完全に冷え切っていた。

鑑識課員が、男の身体を抱き起こすと、その下に、小さな血の海が出来ていた。激しい雨も、身体の下の血潮だけは、洗い流すことが出来なかったのだ。

男の白茶けた顔が、現われた時、刑事達の口から、一様に、あッという、小さな叫び声が生れた。

「ヤマさんじゃないか」

一人の刑事が、顔を歪めて、いった。

男の名前は、山崎専介、捜査一課の刑事だった。

昨日は、一か月ぶりの休暇をとっていた筈だった。

「久しぶりに、女房孝行をしてきます」と、嬉しそうに、いっていたのだ。それが、何故《なぜ》、こんなところに、背広姿で死んでいるのだろうか。

仲間の刑事達の胸に、最初に浮んだのは、その疑問だった。

山崎刑事は、腹を、ナイフで刺されて死んでいた。山崎刑事は、酒は、嫌いな方である。だから、酔って、チンピラと喧嘩したというようなことは、考えられなかった。

同僚の田島刑事は、課長にいわれて、山崎刑事の家に、知らせに走った。いやな役目だったが、誰かが、やらなければならなかったし、妻君にあって、訊かなければならないこともある。

田島は、妻君とも、顔見知りだった。昔から、気丈な人だと思っていたが、山崎刑事の死を知っても、泣きは、しなかった。田島は助かったと思った。

「主人は、夕方、テレビを見ていて、急に出かけたんです」

と、妻君は、蒼い顔で、いった。

夕食のあと、山崎刑事は、テレビのニュースを見ていて、急に顔色を変え、飛び出して行ったのだという。

「もしかすると、今日は帰れないかもしれないと、いってましたので、警察へは、届け出なかったんですけれど」

「山崎君が見ていたのは、確かに、ニュースですね？」

「はい」

恐らく、画面の中に、何かを発見して、山崎刑事は、出かけたのだろう。田島達に連絡しなかったのは、よく確かめてからと、考えたからに違いない。昔から、慎重な性格だった。

田島は、改めて、悔みを述べ、山崎家を後にした。その時、初めて、低い嗚咽の声を聞いた。

3

田島は、その足で、テレビ局に回った。事情を話して、昨日のニュースを見せて貰うためである。

薄暗い小さな部屋で、田島は、ビデオを見せて貰った。十五分ほどのニュースだった。「雨にたたられた休日」という字幕が出てきた。田島は、改めて、昨日が、日曜日だったことを思い出した。刑事に、日曜という感覚は、あまりない。

人影のまばらな動物園の映像が出た。次が、盛り場の映像。アナウンサーが、「おかげで、興行街は、どこも満員でした」と、いう。

「おやッ」

と、田島が、眼を光らせたのは、知った顔が、画面を、横切ったような気がしたからである。

「もう一度、映して下さい」

と、田島は、いった。

二度目は、問題の箇所で、テープを止めて貰った。

ジャンパーを着た一人の男が、左から右へ、駈け抜けて行く姿が映っている。男は、下駄ばきで、女物の傘をさしていた。

男の顔は、半分近く傘にかくれていた。というより、その男は、傘で、顔をかくすようにして、走っていた。それだけに、かえって余計、眼についたのかも知れない。女物の小さな傘なので、隠したつもりの顔も、覗いて見えた。

田島は、その顔に見憶えがあった。

「あいつだ」

と、思った。確かに、あいつだ。

二年前、東京で、強盗殺人を犯し、全国に指名手配されている村上音吉（三十歳）の顔だった。色白の、女みたいな顔だが、性格は残忍な男だった。生れ故郷の北海道あたりに、潜伏しているのではないかと、考えられていたのだが、いつの間にか、東京に舞い戻っていたのだ。

田島は、バックの景色に、眼を移した。山崎刑事の倒れていたF町だった。

恐らく、山崎刑事は、このニュースを見、半信半疑で、F町の盛り場に、行ったに違いない。もし、村上音吉に間違いないという確信があったら、一人では出かけずに、田島達に、連絡しただろう。危険な相手なのだ。そして、山崎刑事は、殺されてしまった。村上音吉に。

田島の報告は、「警察官殺人事件」本部を緊張させた。

田島の借りてきたテープを見た刑事達も、傘をさした男が村上音吉に間違いないといった。

「犯人は、村上音吉に、間違いないいな」

と、主任の木崎警部補は、いった。

F町一帯には、既に、非常線が、張られている。だが、山崎刑事の死体が発見されるのが、余りにも遅すぎた。

検視官の報告では、死後、すでに、八時間が、経過していたということだった。つまり、犯人には、八時間、逃亡の時間があったということである。昨夜のうちに、東京から逃亡した可能性もある。特に、犯人が、前科者で、指名手配中の村上音吉なら、その可能性は、更に、高いと見なければならないだろう。

村上音吉が、既に高飛びしていれば、非常線は、無意味だが、それが判るまでは、F町一帯を、しらみ潰しに調べなければならなかった。

「問題は、山崎刑事が、我々に、何を知らせたかったかということだな」

主任は、刑事を集めて、いった。

「左手の、三本の指を伸ばして死んでいたことは、君達も、知っているだろう。彼が、村上を追いかけていたとなると、あのサインは重要だからね」

色々な意見が出た。

数字の「三」を意味しているだろうということでは、意見は一致した。

村上音吉の潜伏していたアパートなり、バーなりが、三のつく名前なのかも知れない。

村上音吉の愛人の名前に、三がつくのかも知れない。

村上音吉の現在の偽名が、三神とか、三田とか、三がつくのかも知れない。

村上音吉の仲間が、三人いるということかも知れない。

他にも、意見は、あった。調べてみなければ、どの意見が当っているか判らなかった。

刑事達は、様々な考えを抱いて、F町の盛り場に、もぐり込んで行った。

4

田島は、村上音吉の写真を持って、バーやキャバレーを、回って歩いた。村上は、昔、バーで働いていたことがある。今でも、水商売に関係している可能性があった。

一軒目、二軒目と、何の収穫もなかった。

三軒目のバーの名前は、「三人姉妹」であった。田島は、緊張して、ドアを開けた。だが、この店でも、収穫はなかった。山崎刑事が、知らせたかったのは、この店のことではなかったのだ。

F町には、マンモスキャバレーが、四つあった。その一軒の名前は、「スリー・クイーン」だった。三人の女王とでもいうのか。田島は、その店を調べる時にも、緊張を感じた。が、その店でも、何の聞き込みもなかった。山崎刑事のサインは、その店のことでもなかったのだ。

他の刑事の一人は、F町にある旅館や、アパートを、調べていた。盛り場だけに、旅館といっても、殆どが、連れ込み専門の温泉マークである。

その刑事は、疲れ切った顔で、捜査本部に戻ってくると、

「収穫は、ありませんでした」

と、主任に報告した。

「三喜荘というアパートがあったんで、特に念入りに調べてみたんですが、収穫はありませんでした。

村上音吉が住んでいたことも、出入りしていた形跡もありません。山崎刑事のサインは、アパートや、旅館の名前のことではないようです」

夜になって、村上音吉の女関係を洗っていた二人の刑事も本部に戻ってきた。

彼等は、水商売の女の名前を、一人残らず調べていた。

「三のつく名前の女は、全部で、十八名いました。しかし、その中に、村上音吉の女は、いませんでした」

刑事が戻ってくる度に一つ一つ、糸が切れて行く感じであった。

だが、列車の発着駅や、飛行場に、訊き込みに行った刑事達の報告は、明るいものだった。昨夜から、非常線の張られる今朝までの間に、村上音吉と思われる男が、立ち回った形跡はないというのである。

長距離バスや、タクシーの運転手達に当っていた刑事達の報告も同じであった。村上音吉の写真を見せて歩いたが、写真の男を、昨夜から今朝にかけて、乗せた記憶はないという。

「結論を下すのは、ちょっと、危険な気もするが――」

と、主任は、前置きして、いった。

「村上音吉は、まだ、東京を出ていないのかも知れん。それもまだ、F町に潜伏している可能性が強いと見ていいような気がする」

「何故、奴は、逃げなかったんでしょうか？」

と、刑事の一人が、主任に質問した。

「時間は、充分あった筈ですが」

「理由は、私にも判らん。誰かが、奴をかくまっていて、そこにいれば、安全だと、考えたかも知れん。我々が、当然、高飛びすると考えると思って、裏をかいたつもりかも知れん」

「村上は、負傷しているんじゃないでしょうか」

と、田島は、いった。今日一日、考えていたことだった。

「山崎刑事は、簡単に、相手に殺《や》られる男じゃありません。相手にも、かなりの打撃を与えたと思います。それで、奴は、高飛びを諦めたんじゃないでしょうか」

「そうも考えられるな」

と、主任は、いったが、田島の考えを、肯定はしなかった。証拠がなければ、村上が負傷していると考えるのは、甘くて、危険だからだろう。

田島にも、それは、判っていたが、自分の考えは、捨てなかった。それは、同僚の山崎刑事に対する信頼の強さでもあった。彼が、むざむざ殺されるわけがないのだ。大なり小なり、相手に打撃を与えている筈だった。

(それにしても、山崎刑事が、死に際に残したサインは、一体何の意味なのだろうか？)

山崎刑事と、一番親しかったのは、田島だった。年齢が近いせいもあって、気が合った。だから、他の誰よりも、仇を取りたいと思う。山崎刑事が、何を知らせたかったかを知りたい。

簡単な夕食をすませてから、田島は、再び、夜の盛り場に、足を運んだ。

5

夜の盛り場は、いつもの通りの賑わいを見せていた。ネオンが、夜空に輝き、酔っ払いが、乱れた足で歩いている。

映画館は、「只今から、割引料金」の看板を、切符売り場に出していた。腕時計を見ると、八時を回っていた。

田島は、立ち止って、煙草に火をつけた。バーも、キャバレーも調べた。アパートや、旅館は、他の刑事が調べた。が、収穫はなかったのだ。あとは、何処を調べたら、いいのか。

田島は、殺された山崎刑事のことを考えた。彼は、どうやって、村上音吉の行方を調べたのだろうか？

山崎刑事は、夕食のあとのテレビニュースで、偶然、村上音吉を見た。六時のニュースだ。それから、F町に駈けつけた。どんなに急いでも、F町に来るまでに、三十分は、かかった筈だ。とすると、六時三十分から、このあたり一帯を調べ始めたことになる。

そして、十時から十一時までの間に死んだ。最大限に見てもその間は、四時間半しかない。

山崎刑事は、四時間半の間に、村上音吉を見つけ出したのだ。バーや、キャバレーを片っ端から探し歩いたのか。旅館やアパートをしらみ潰しに調べたのか。そうとは考えられなかった。山崎刑事は、たった一人だったのだ。一人で、調べられはしない。しかも、四時間半という短い時間に。

（山崎刑事は、何かヒントを摑んでいたに違いない。だからこそ、短い時間で、村上音吉に近づくことが出来たのかも知れない）

ヒントとは、何だろう。田島は、吸殻を、足で踏み潰して考え続けた。

（山崎刑事が、何か、ヒントを摑んでいたとしても、それは、あのテレビニュースから得たものに、決っている）

だが、そんな大事なものが、あのテープに、映っていただろうか。田島には、思い出せなかった。だが、あったのかも知れない。

田島は、あわてて、捜査本部に引き返した。もう一度、テープに眼を通した。

ヒントらしきものは、見つからない。村上音吉が、何処かの店からでも出てくるところが映っているのなら、その店を調べればいいのだが、彼は、ただ、左から右へ、画面を横切るだけだ。ジャンパーに下駄ばき姿も、あの近くにいることを暗示してはいるが、それ以上のことは、教えてはくれない。女物の傘をさしていることは、愛人のいることを、暗示しているが、そんなことは、田島も気付いている。

田島は、もう一度、念を入れて、テープを見つめた。

（ジャンパーの裾から、白いものが、ぶら下っている）

と、田島は、思った。これは、何なのだろうか。手拭か、タオルらしいと、考えて、山崎刑事が、有名な風呂好きだったことを思い出した。

（風呂だ！）

と、思った。山崎刑事は、このテープを見た瞬間、風呂を考えたのだ。そうに違いない。村上音吉は、銭湯へ行くところか、その帰りなのだ。下駄ばきだから、電車やバスに乗って、銭湯に行ったのではあるまい。F町の銭湯へ行ったのだ。あの辺りには、三、四軒の銭湯しかない。山崎刑事は、その銭湯を一軒ずつ、当ってみたのではあるまいか。

田島は、再び、F町に引き返した。

6

F町の周辺には、四軒の銭湯が、あった。

最初は、「あずさ湯」という風呂屋だった。番台の男は、村上音吉の写真を見て、見たことがないといったが、昨日、同じことを、訊きに来た男がいたといった。服装や、顔立ちを聞くと、間違いなく、山崎刑事だった。

田島は、正しい道を見つけたのだ。

だが、二軒目、三軒目と、収穫がないと判ると、田島は、次第に、不安と、焦燥に襲われてきた。

最後の銭湯でも、村上音吉は、見かけなかったという返事しか得られなかった。だが、山崎刑事は、来たという。山崎刑事も、田島と同じように、四軒の銭湯を訪ね回って、収穫は、ゼロだったのだ。

（だが、山崎刑事は、村上音吉を、見つけたのだ）

一体、どうやって、見つけたのか。他に、銭湯は、ない。テープから得たヒントは、もう使えないのだ。

（銭湯を考えたのは、間違いだったかも知れない。銭湯には、たいてい、指名手配の容疑者の写真が、鏡の前なんかに、貼ってあるものだ。村上音吉が、そんな危険な場所に、行くだろうか）

答は、否定的だった。

田島が、当惑して、立止っていると、サンドイッチマンが、彼の手に広告を渡して、通りすぎて行った。私服だから、盛り場に遊びに来た人間と思ったのだろう。

何気なく見ると、ソープランドの案内だった。田島の眼が光った。村上音吉が行ったのは、銭湯でなくて、ソープランドだったのかも知れない。何人もの人間に、顔を見られる銭湯より、個室のあるソープランドの方が安全だ。

F町には、ソープランドが多い。一つ一つ当ってみようかと考えてから、田島は、その考えを捨ててしまった。ソープランドに行くのに、手拭やタオルをぶら下げていく筈がないからである。村上音吉が行ったのは、ソープランドではない。

田島は、案内のチラシを、丸めて捨てた。一つ一つ期待が外れて行くのが、いまいましかった。

足が、自然に重くなった。山崎刑事は一体、銭湯に失望したあと、何処を調べたのだろうか。それを知りたかった。だが、手掛りがない。

五階建のビルの前に来た。各階名店街という、雑居ビルだった。最上階は、キャバレーになっている。そのキャバレーは、何時間か前に、田島が、調べていた。残りカスのようなものである。その前を通りすぎようとして、田島は、あるものに、眼を引かれた。

「地下、大衆浴場」という看板だった。「入浴随時、お一人様百二十円」と書いてある。

田島は、固い表情になって、妙に薄暗い階段を、下りて行った。

切符売場では、中年の女が、退屈そうに、週刊誌を読んでいた。中を覗くと、広い浴室は、もうもうたる湯気である。スチームブロというわけなのだろう。これなら、浴客の顔の見分けもつくまい。村上音吉でも、安心して、湯に浸っていられるだろう。顔を見られるとすれば、この切符売場の女しかいない。

田島は、警察手帳を見せてから、村上音吉の写真を、示した。

「この男が、昨日の夕方、来た筈なんだが」

と、訊くと、

「来ましたよ」

と、相手は、あっさり、いった。

「来たんだね？」

「ええ。昨日だけじゃありませんよ。何回も来ますよ。その男が、どうかしたんですか？　昨日も、探しに来た人がいましたけど」

「判ってる。村上音吉は何処に住んでるか知らないかね？」

「その男は、村上音吉なんて名前じゃありませんよ。白井さんですよ。あたしにも、時々チップなんかくれましてね」

「何処に住んでる？」

「よくは知りませんけど、いつだったか、この先の酒屋から、出てくるのを見ましたよ。その二階に、間借りしてるような様子でしたけど」

「酒屋の名前は？」

「確か、『菊屋』と、書いてありましたけど」

それだけ聞くと、田島は、大衆浴場を飛び出していた。

7

「菊屋」は、すぐ見つかった。何の変哲もない酒屋だった。田島が、大衆浴場で聞いて来たことをいうと、店の主人は、

「昨日も、同じことをいって見えた人がありましたよ」

と、いった。山崎刑事は、此処《ここ》へも来たのだ。

「二階を、人に貸しているんですね？」

「二階じゃなく、離れです。娘のために作ったんですが、嫁に行ったので、人に貸すことにしたんで

す。女の人ですよ」

「女？」

「ええ。白井みどりという。ご存知じゃありませんか。この近くにあるストリップ劇場の踊り子ですよ」

「男も、一緒の筈ですが？」

「ええ。二か月ばかり前から、ご主人というのが、時々、来ますよ。二千円余計に払ってくれるんで、文句はいわなかったんですが」

「この男じゃありませんか？」

田島が、村上音吉の写真を見せると、酒屋の主人は、頷いて見せた。

「あの人が、どうかしたんですか？　昨日の人もしつこく訊いてましたが」

「今も、男は離れにいるんですか？」

「いえ」

「女は？」

「劇場ですよ」

田島は、電話を借りて、本部に、今までのことを報告した。主任は、応援の刑事を、そちらに、回そうと、いった。

田島は、ストリップ劇場に、回ってみた。

五十人くらいで、一杯になりそうな小さな劇場だった。警察手帳を見せると、楽屋にある支配人室に通された。

バンドの音や、踊り子の嬌声や、香水の匂いが、流れてくる。支配人は、三十代の、色の浅黒い男だった。

「白井みどりなら、うちの踊り子ですが、今日は、休みですよ」

と、支配人は、いった。

「写真がありますか？」

と、田島が訊くと、支配人は、机の引出しから、一枚のブロマイドを取り出して、田島に渡した。白井みどりのサインもあった。あまり上手《うま》い字ではない。一枚百円で、売っているのだという。白井みどりは、乳房の大きな、顔の円《まる》い女だった。

「年は、二十歳です。気のいい娘で、いつも男のことで、苦労ばかりしているんですよ」

と、支配人は、いった。確かに、その通りだろう。今も、村上音吉という殺人犯に、喰いつかれているのだ。

白井みどりの、立ち回りそうな場所に、心当りはないと、支配人はいった。田島は、酒屋に戻った。応援の刑事も、来ていた。田島は、その協力を得て、白井みどりの部屋を調べてみた。

離れの四畳半である。狭い部屋だが、一応独立していて、トイレや、水道もついている。入ると、さすがに、若い女の匂いがした。

押入れを開けると、男物の汚れたワイシャツが出てきた。恐らく、村上音吉が着ていたものだろう。

金目のものや、現金は、何処からも発見できなかった。恐らく、身につけて、ここを脱け出したのだろう。だが、非常線が張られているのだから、F町は、出られない筈である。一体、何処へ姿を消したのか。

「ちょっと、これを見てくれ」

と同僚の刑事が、田島を、呼んだ。

彼は、ゴミ箱をひっくりかえしていたのだが、その中から、丸めた白布を、取り出したのである。汚れた包帯であった。

「血だ」

と、彼が、いった。僅かな血ではなかった。

「村上は、やっぱり負傷しているんだ」

と、田島はいった。

「遠くへは、いけない筈だ。それに、傷の手当をしなければならない筈だが」

「医者へ行っただろうか?」

「いや。医者へ行くのは、危険だよ。今日の夕刊には、村上音吉の写真が出ている。テレビでも放送した筈だ。奴が出歩けば捕まりに行くようなものだぐらいのことは、判っている筈だ」

「だが、その出血の様子じゃ、かなりの傷だと思う。手当をしなければならないだろう。医者には行かないとしても、薬による手当は、必要だと思うがね」

「恐らく、女が、薬局に回って、薬や、包帯なんかを、買ったと思うんだ。だから、この付近一帯の薬局に当ってみれば、奴等の行動が判るかも知れん」

田島は、念のために、血の付着していた包帯を、同僚に頼んで鑑識へ、送って貰うことにした。血液型検査をして貰うためである。

田島は、同僚とは別れて、近くの薬局を当ってみることにした。彼は、自分の推測が当っているという確信があった。白井みどりという女が、村上のために、薬や包帯を買いに来たことは、確実だと思った。

だが、どうしても判らないことが、二つあった。

一つは、村上音吉が、何処に隠れたかということである。恐らく、奴は、用心深く、前々から、あの離れの他に、隠れ場所を用意していたに違いない。だが、どんなところに、奴は、隠れているのか。潜伏しそうな、温泉マークや、バー、キャバレーなどは、しらみ潰しに調べた筈である。F町一帯で、調べ残した箇所は、あまりない。

もう一つの疑問は、殺された山崎刑事のサインの謎が、まだ解けないことだった。村上音吉の女の名前が、白井みどりであることも、彼女が、ストリップ劇場の踊り子であることも判った。酒屋の離れに潜んでいたことも判った。あとは、追い詰めるだけだというのに、「三」を暗示するようなものには、まだぶつかっていないのである。

女の名前は、三はつかなかったし、酒屋の名前も、「菊屋」で、三とは、無縁だ。一体山崎刑事が、死ぬ間際に、知らせようとしたことは、何なのだろうか。

それが、未だに判らないことが、何となく、田島を不安にさせていた。

確実に、村上音吉を、追い詰めていると、思いながら、心の何処かに、微かな不安があるのは、そのためかも知れなかった。

8

F町には、薬局が多い。盛り場があり、昔は有名な赤線地帯が、近くにあっただけに、薬局の店頭には、精力剤の広告のぶら下っていることが多かった。

田島は、そうした薬局の一軒一軒を、白井みどりのブロマイドを持って、回って歩いた。

三軒目の薬局は、「ヤマト薬局」という名前であった。

中年の主人は、ストリップ・ファンと見えて、ブロマイドを見ると、

「白井みどりですね」

と、口元を、ほころばせた。

「前に一度、風邪薬を買いに来たことがありますよ。近くで見ると、意外に子供っぽい顔ですな」

「今日は？」

「来ませんｏ来ることになってるんですか？」

「判りません。しかし、来たら、すぐ、警察へ連絡して下さい」

それだけ頼んで、田島が、店を出た時である。すれ違うようにして、店へ入った女がいた。大きなマスクで、顔をかくしていたが、間違いない、白井みどりだった。はッとしてふり向くと、薬局の主人も、気付いたらしく眼を大きくしている。

田島は、外から、落着くようにと、薬局の主人にサインを送った。

白井みどりは、オーバーのポケットから、紙片を取り出した。

恐らく、村上音吉が、必要な薬を、メモして、彼女に渡したのだろう。

彼女は、いろいろな薬を買い求めたようだった。

出てくるのを待って、田島は、あとをつけた。

白井みどりは、盛り場とは、反対の方向に向って歩いて行く。肩をすくめ、何となく、暗い後姿であった。

パン屋の前で、立止った。反射的に、田島は、電柱のかげに身体を隠す。白井みどりは、パン屋から出て来た時、大きな紙袋を腕に抱えていた。村上音吉と、二人分の食料を買い求めたに違いない。

彼女が、また歩き出す。後姿は、小さく、幼く見える。田島は、あとをつけながら、「あの娘は、男のことで、苦労ばかりしています」といった、ストリップ劇場の支配人の言葉を思い出していた。

この娘は、どんな気持で、村上音吉に、つくしているのだろうか。幸福だと感じているのだろうか。

田島が、ふと、淡い感傷に捕われた時、白井みどりが、急に立止った。

隠れる物かげも、電柱もなかった。

（気付かれたのか）

と、一瞬、田島は、狼狽したが、そうではなかった。

立止った白井みどりは、暗い夜空を見上げている。冷たいものが、落ちてきたのだ。田島の顔にも、それは、落ちてきた。本降りになりそうな気配だった。

白井みどりが、また歩き出した。雨足が、強くなり始めた。舗道が、忽ち黒ずんでくる。歩いていた通行人が駈け出す。釣られたように、白井みどりも、小走りになった。

田島の足も、自然に大股になった。白井みどりは、暗がりを選ぶようにして、駈けてゆく。それが、かえって、尾行をしやすくしてくれた。だが、連絡も出来ない。もし、このまま村上音吉にぶつかったら、一人で逮捕するより仕方がない。怖くはなかったが、出来れば、万全を期したかった。

いつの間にか、盛り場のネオンとは、反対の、商店街に来ていた。時間が遅いせいか、どのビルも、既に、戸を閉めている。暗い雨空に、灯を消したビルが、立ち並ぶ姿は、何か不気味であった。

（こんなところに、村上音吉が、隠れているのだろうか？）

店が閉まり、店員達が帰ってしまっても、警備員は、残っている筈である。隠れていられる筈がなかった。

白井みどりは、一つのビルの裏で、立止った。新築のビルだった。五階建の窓という窓には、「貸室」の札が、べたべた貼られてあった。

（そうだったのか）

と、田島は、心の中で頷くものがあった。最近ビルラッシュで、貸ビルが余りだし、作ったものの、借り手がなくて困っているという話は、田島も聞いたことがある。このビルも、その一つなのだろう。一種の幽霊ビルだ。ここにもぐり込んでいれば、誰にも、判りはしない。品物が置いてないのだから、夜警もいないだろう。

白井みどりは、そのビルの中に消えた。あわてて、田島も、飛び込んだが、途端に甲高い足音を立ててしまった。湿った道路から、乾いたビルの中に入ったせいもあったし、何も置いてない、がらんとしたビルは、物音が、敏感に反響するからである。

薄暗い一階の部屋で、白井みどりが、ふり向くのが見えた。

「だれ?」

と、みどりは、低い声で、訊いた。

「あんたなの?」

「――――」

田島は、黙って近づくと、いきなり、彼女を押さえて、片手で、口を塞いだ。彼女が持っていた袋が落ちて、音を立てた。田島は、耳をすました。村上音吉に、気付かれたに違いないと緊張したが、地下にも、上の階にも、人の動く気配はなかった。奴は、眠っているのだろうか。

「警察の者だ」

と、田島は、低い声でいった。

「村上音吉が、何処にいるか教えてくれればいい、素直に教えるんだ。君には、怪我をさせたくないからな」

田島は、口を押さえていた手を離した。

「奴は、何処にいるんだ?」

「地下よ」

白井みどりは、案外素直に、いった。

「案内するんだ」

田島は、彼女の身体を押した。みどりは、ふてくされたように、小さく肩をゆすってから、先に立って歩き出した。

真新しい、まだ、ペンキの匂いの残っている階段を、田島はみどりを先に立てて、降りて行った。地下も、広い廊下があり片側に部屋が並んでいる。

「あの部屋よ」

と、みどりは、一つのドアを指さした。

「本当に、あの部屋にいるのか?」

「いるわ」

「君が、ドアを開けさせろ。何気ない様子で声をかけるんだ。君だって、村上音吉を、殺させたくはないだろう。私だって、同じことだ。生きたまま捕えたい」

「――――」

「食料と薬を買って来たから、ドアを開けてくれというんだ」

「判ったわ」

と、白井みどりはいった。

どうやら、観念したらしいと感じて、田島は、微かに胸を開いた。

みどりは、何回かドアをノックしてから、

「あたしよ」

と、呼びかけた。

「薬と食料を買って来たから、ドアを開けて頂戴」

「今あける」

男の声が、ドアの向うでした。暗かった部屋に灯が点いた。明りが、ゆらめくところを見ると、蠟燭の灯なのだろう。

ドアが開いた。

「待ってたんだ。早く入ってくれ」

と、男がいった。が、男の姿は見えなかった。負傷している筈だから、椅子にでも、横になっているのかも知れない。

田島は、拳銃を取り出して、中へ入ろうとした。相手は、安心しきっている筈だから、いきなり拳銃を突きつければ、簡単に逮捕できると思ったのだ。

だが、その瞬間、ある考えが、田島を、捕えた。

死んだ山崎刑事のことである。指を三本出して知らせようとしたサインのことである。今まで、あれが、何を示すのか、判らなかった。それが、この瞬間に、判ったのである。

(白井みどりは、声をかける前に、ドアをノックした。それも三回ノックしたのだ。確かに三回だった)

恐らく、山崎刑事も、昨日、ここへ来たのだ。そして、同じように、白井みどりに、いわせたに違いない。山崎刑事は、そのあと、部屋に飛び込んだが、村上音吉は、刑事が来ていることを知っていて、中で、身構えていたに違いない。だから、あの用心深い山崎刑事が、殺られてしまったのだ。

何故、村上音吉は、知っていたのか。山崎刑事は、死ぬ間際に、考えたに違いない。そして、ノックのことに気付いたのだ。それ以外に、相手にさとられる理由を、思いつかなかったのだろう。

ノック三回が、合図なのだ。刑事が踏み込んでいるという合図に違いない。だから、白井みどりは、いやに、あっさりと、田島のいうことを聞いたのだ。

恐らく、村上は、昨日と同じように、ドアのかげで、ナイフをふりかざして、田島が飛び込んでくるのを待ち構えているに違いない。

田島はドアから離れて、拳銃を構えた。

「出てこいッ」

と、田島は、いった。

「大人しく出てくるんだ。もう逃げられやしないぞ」

「気がついたのよ。こいつは──」

白井みどりが、甲高い声で、怒鳴った。途端に、部屋の中の明りが消えた。何か黒いものが、田島めがけて、飛んで来た。田島が身体を伏せると、それは、彼の背後に落ちて、金属音を立てた。空缶《あきかん》か何かだったらしい。

田島が、身を伏せた瞬間を狙って、中から男が、飛び出して来た。左手に巻いた包帯の白さだけが、田島の眼に鮮やかに映った。

「止まれッ」

と、田島は怒鳴った。だが、村上は止まらなかった。彼の足音が、ビルに反響する。田島も、あとを追った。

村上は、ビルを飛び出した。雨は、まだ降り続いていた。夜の雨の中に、村上は、転げながら、逃げて行く。

「止まれッ」

と、もう一度、田島は、怒鳴り、空に向って、威嚇射撃をした。

火線が、闇を貫いて走ったが、村上は、止まらなかった。

田島は、黒い影に向って、引き金を引いた。村上音吉は雨の中に倒れ、そのまま動かなくなった。

田島は、近づいた。救急車を呼ぶ必要は、もうなかった。弾丸は、腹に当っていた。血が流れ、村上音吉の息は、もうなかった。

白井みどりが、足を引摺るようにして近づいてきて、田島と並んで、死体を見下した。

雨は、まだ、血を洗い続けている。田島は、白井みどりの顔を、ちらッと見てから、捜査本部に電話をかけるために、雨の中を歩き出した。

死んで下さい

1

私は、ときどきこんなことを考える。

引ったくりが、眼の前で行われたら、犯人を追いかける勇気が出るだろうか。

車道の真中で、老人か子供が、ひかれそうになっているのを見たら、危険をかえりみず、飛び出していくことが出来るだろうか。

恋人と一緒に夜道を歩いているとき、ふいに強盗が現われたら、逃げ出さずに、恋人を守ることが出来るだろうか。

想像の中では、人間は、いくらでも、勇気がもてるものである。私も、想像の中では、いくらでも英雄になれたが、実際の場合にも、そのとおり動けるかどうか、自信がなかった。

先日も新聞に、アベックが、暗闇で強盗におそわれたら、男の方が、さっさと逃げだしてしまったという記事がのっていた。その記事を読んだときには、何というだらしのない男かと思ったが、いざとなれば、私だって、恋人を放り出して、逃げださないという保証はない。いまのところ、私には、恋人がいないから、この心配だけはないが、前の二つの場合は、心配する必要があった。

私は、あまり勇気のある方ではない。正直にいえば、おくびょうである。それだけに、いざとなると、足がすくんで、動けなくなるのではあるまいかという不安があった。自分が怖いのである。

私は、心ひそかに、そんな場面にぶつかることのないことを祈った。自分を試されるのは、嫌なものである。

ところが、皮肉なことに、そう願い始めた直後にいざという場面に、ぶつかってしまったのである。

2

三月の末であった。

場所は、環状七号線。横断歩道と信号が少くて、東京では、もっとも、交通事故の多い場所である。

私は、そこで、タクシーを拾おうとしていた。車はいくらでも来るのだが、空《から》のタクシーは、なかなか摑まらない。

そのとき、私の傍から、六十歳くらいの老婆が、ちょこちょこと、車道に向かって、歩き出したのである。

横断歩道も、信号もないところだった。車は、フルスピードでくるのだから、向う側へ辿りつくまでに、確実に、はね飛ばされてしまうだろう。

(助けなければならない)

と、咄嗟に思ったが、瞬間的には、足が動いてくれないのである。

その瞬間、私がしたことといえば、自分の周囲を見まわすことだった。誰か勇気のある人間がいて、飛び出してくれればいいと、心の何処《どこ》かで、思っていたのだろう。心ひそかに、責任転嫁をねがったのだから、情けないものである。

しかし、あいにく、私のまわりには、誰もいなかった。

私以外に、老婆を助けるものは、いないのである。

私は、自分の顔が、こわばってくるのを感じた。追いつめられた気持である。

その間にも、老婆は、進んでいくし、すさまじい、クラクションの音が、私をおどかした。

私は、車道に飛び出した。どたん場に来て、勇気がわいた。といいたいところだが、正直にいえば、私を、ふみ出させたのは、恐怖だった。ここで、老婆が死んだら、私は、見殺しにしたということで、罰せられるかも知れない。罰せられないまでも、新聞に書かれて、男らしくない人間と、叩かれるかも知れない。

その恐怖が、私を、老婆に向かって、駈け出させたのである。

そのあと、老婆の腕をつかんで、引っぱったことだけは、おぼえている。それと、悲鳴に似た急ブレーキの音。他のことはおぼえていなかった。

ともかく、私は、向う側の歩道に、老婆を助けあげることに成功した。

私が引っぱったとき、老婆は、足を引きずったとみえて、すねのあたりから、血を流していた。

そのうちに、警官が来て、私と老婆は、交番へつれていかれた。老婆は、そこで、傷の手当をうけたのだが、気の強い婆さんとみえて、私に助けられたことに、あまり嬉しそうな顔をしなかった。

丁度、交通安全週間だったせいか、新聞記者が来て、私と老婆の写真を、とって行った。

老婆の息子も、あわてて、駈けつけてきた。三十歳くらいの痩せた男である。私に、何度も頭を下げてから、老婆に向かっては、

「だから、いったでしょう」

と、強い声を出した。

「もう年なんだから、信号のないところで、道路をわたるようなことをしちゃいけないって。いいですか。年を考えてくださいよ」

「———」

老婆は、だまって、息子を睨んだ。どうやら、息

子から、年寄りあつかいされるのが、気に入らないらしかった。

その息子が、老婆をつれて帰ったあとで、若い警官は、私に苦笑して見せた。

「気の強い婆さんですな」

「この近くの人ですか?」

と、私は、何となくきいた。警官は、うなずいた。

「田中トクという婆さんでしてね。金はあるんだが、うるさがたで、近所では、煙たがられている婆さんです。へそ曲りというやつでしてね。右といえば、左という——」

「助けられても、かえって、しゃくにさわるという口ですね」

私も苦笑した。

3

ここで終れば、何ということもなかった事件である。新聞に出たおかげで、会社での私の評判は、ちょっとばかり良くなったが、一か月もしないうちに、この事件は忘れられて、私は、元の平凡なサラリーマンに、戻ってしまった。

ところが、五月に入ってからの日曜日に、私は、また同じような場面に、ぶつかってしまったのである。ついているというべきなのか、或いは、ついていないというべきなのか、私には、わからない。

その日、私は、東京の郊外に、釣りに出かけた。日曜日のせいか、河原には、マイカー族の姿も見えた。が、雨の日が、二、三日続いたせいか、川は、水かさが増え、流れも早くなっていた。釣りには、あまりいい状態ではなかった。

私は、竿をかついだまま、良い場所を探して、川にそって歩いて行った。

川の真中に、中洲があり、そこが、良さそうだった。

細い木の橋が、かかっていて、それを渡れば、中洲へ行けるようになっている。だが、大分前にかけた橋らしく、ところどころに、板のなくなっている箇所があり、手すりもない。流れが早いから、落ちたら、助からないかも知れない。

中洲には、五、六人の人影が見えた。上手《うま》く渡れば大丈夫ということらしい。

私は、橋のそばで、暫し考えていた。危いことは、あまり好きではない方である。それに、運動神経は、あまりよくない。落ちたときのことを考えると、中洲へ行くのが、ちょっと、怖くもあった。

そのとき、いきなり、橋を渡り出した老婆がいたのである。

私は驚いた。若い私でさえ、ちょっと怖いと思っているのに、無茶な老婆だと思った。

中洲にいる人たちは、向う側を向いて釣りをしていて、老婆に気づかない。

そのうちに、案の定、老婆は、こわれた穴に、足をふみはずし、必死に、しがみついている。

私は、あわてて、助けに飛び出した。前に一度、人助けをしていると、二度目は、案外かんたんに飛び出せるものである。

私は、老婆の腕を摑んで、橋の上に、引き上げた。

そのときになって、その老婆が、前に助けた田中トクという老婆であることに、気付いて、私は、驚いてしまった。

「また、あんたか」

と、私は、思わず、大きな声で、いってしまった。老婆の方は、あのときと同じように、あまり嬉しそうな顔をしなかった。何とも可愛げのない老婆である。

私が、老婆を、かつぐようにして、中洲へ渡る頃になって、釣りをしていた人達も、気づいたとみえて、集まってきた。その中に、交番で会った老婆の息子の姿も見えた。釣竿を持っているところをみると、彼も、中洲に来て、釣りを楽しんでいたらしい。

彼は、私を見ると、驚いた顔をした。彼の方でも、私の顔をおぼえていたのである。

「二度も、母が助けて頂きまして――」

と、彼は、恐縮して、何度も頭を下げた。

「危いから、母には、こっちへ来るなと、強くいっておいたんですが」

そのあと、彼は、老婆に向かって、くどくどと文句を、いっていた。老婆の方は、あのときと同じように、白い眼で、息子を睨んでいた。どうも、一か月前と同じで、親子の間は、あまり、しっくり行っていないらしい。

この事件は、新聞ダネには、ならなかった。私も、その方が、ありがたかった。

二度も、同じ老婆を助けるというのは、たしかに、奇縁というのだろう。流石《さすが》に、二、三日は、妙な気持だったが、十日、二十日と過ぎるうちに、はんざつな毎日の仕事に追われて、事件のことも、老婆のことも、次第に忘れていった。

4

六月二日は、私の誕生日であった。親もとを離れて、アパート暮らしをしているので、別に、祝ってくれる人もいない。

ひとりで、さびしく祝杯をあげるつもりで、会社の帰り、ウイスキーの小瓶を買って、アパートへ帰った。

帰ったのは、六時頃である。ドアをあけると、ドアに付いている郵便受に、きれいな紙で包まれた小包みが入っていた。

誕生日の祝いに、誰かが贈ってくれたらしいとはわかったが、差出人の名前はなかった。

中身は、ウイスキーであった。私は、こうとわかっていれば、小瓶など買ってくるのではなかったと、思った。

贈り物の方は、明日の楽しみにとっておくことにして、私は、買ってきた小瓶をあけた。

ちびりちびりとやりながら、贈り主を想像してみた。

どうやら、悪友の佐々木らしいと、見当をつけた。友人の中で、一番酒好きの男だし、匿名で贈り物をするような茶目っけも持っていたからである。部屋の鍵が、牛乳函の奥にあることを知っていて、留守に上がりこんで、そのまま、ぐうぐういびきをかいていたこともある。

佐々木に違いないと、私は、決めてしまった。

小瓶を空にしてから、私は、近くの銭湯に出かけた。

珍しく空《す》いていて、ゆっくりと、身体を温めることが出来た。銭湯を出てから、パチンコ屋に寄り、煙草の景品を手にして、アパートへ戻ったのは、八時をすぎていた。

二階の自分の部屋の前までくると、消した筈の電気がついていた。

牛乳函の中を探したが、鍵はない。佐々木でも来たのだろうと思って、ドアをあけると、思ったとおり、佐々木であった。

佐々木は、畳の上に俯せに転がっていた。

贈り物のウイスキーのふたがあいていて、飲むのに使ったらしく、コップが転がっている。

私を待っているうちに、贈り物のウイスキーを見つけ、佐々木らしい不遠慮さで飲んでいるうちに、酔いつぶれてしまったということらしい。

私は、苦笑しながら、「おい」と、呼んでみたが、佐々木の起きる気配はなかった。

そのうちに、佐々木の様子が、少しおかしいことに気付き始めた。

ウイスキーは、僅かしかなくなっていないのである。二、三時間で、角瓶一本くらいは軽くあけるほど、アルコールに強い佐々木が、僅かの量で、酔いつぶれるというのは妙であった。

しかし、それでもまだ、私は、佐々木が、死んでいるとは、考えもしなかった。

「おい。起きろよ」

と、今度は、腹に手をかけて、身体をゆさぶった。

佐々木の死んでいることに気付いたのは、その時である。身体のかげになっていてわからなかったのだが、佐々木は、血を吐いていた。そして、何ともいえない苦悶の表情に、私は、思わず、顔をそむけてしまった。

佐々木は、毒死していたのである。

5

警察は、すぐ来てくれた。パトカーと、鑑識の車が到着すると、小さなアパートは、上を下への大騒ぎになった。

背のひょろっと高い刑事は、死体を、一目見るなり、

「青酸だネ」

と、いった。

狭い四畳半の部屋に、フラッシュが、きらめいて、何枚も写真がとられた。いわゆる現場写真というやつらしい。

新聞記者も押しかけてきた。中には、私をゆびさして、

「彼が犯人ですかな?」

と、声をかけるあわて者の記者もいた。

私は、参考人ということで、警察へ連れていかれた。

私は、刑事の前で、ありのままを話した。

刑事は、ふむふむとうなずきながら聞いていたが、私が話し終っても、納得した様子は見せなかった。

(警察は、私が、佐々木を殺したと思っているのだろうか)

私は、不安になってきた。考えてみれば、私は、疑われても仕方のない立場にいるのである。

私が、毒入りの酒を佐々木にすすめたと、考えられないこともないし、形の上では、そうなっているからである。

「貴方のいうことが、正しいとするとですね」

と、暫くたってから、背の高い刑事がいった。

「誰かが、貴方を殺す目的で、青酸入りのウイスキーを贈った。ところが、貴方が、銭湯へ行っているうちに、被害者が訪ねてきて、それを飲んでしまった。こういうことになりますね」

「そのとおりです」

私は、うなずいた。他に考えようはないのだ。

誰かが、私を殺そうとしたのだ。他に考えようは

ない。

「心当たりがあるのですか？」

「心当たりというと？」

「誰かに、殺されるような恨みをうけているという心当たりです」

「――――」

私は、考えてみた。が、思い当たることはなかった。

私は、敵を作るような人間じゃない。これは、別に、自慢しているわけではなかった。むしろ、卑下しているのである。

敵を作る人間には、何処か、力強い野心家めいたところがあるものだが、私には、そんなものはない。味方らしい味方も作れないし、敵らしい敵も作れない平凡な人間なのだ。

今までのところ、恋愛らしい恋愛もしたことがないので、女のことで、恨まれるおぼえもない。

会社でも、まだ、係長にもなれずにいるのだから、地位や金のことで、恨みを受ける筈もない。

アパートの部屋代も、きちんと払っているし、夜中に大声を出して、隣りの住人に迷惑をかけたこともない。

いくら考えても、心当たりは、浮かんで来ないのである。

「どうしても、思い出せません」

というと、刑事は、難しい顔になって、

「おかしいじゃありませんか」

と、いった。

「貴方の証言が正しいとすれば、狙われたのは、貴方ということになる。とすれば、何か思い当たることがある筈だ」

「――――」

「女のことで問題をおこしたことは?」

「それは考えてみましたが、思い当たることはありません」

「会社関係では?」

「それもありません」

「ぜんぜんですか?」

「ええ」

「妙ですな」

刑事は、難しい顔を、一層、難しくさせた。いくら妙だといわれても、心当たりがないのだから仕方がない。

「被害者が、今日くることは、決まっていたのですか?」

刑事は、質問をかえた。

「いえ。彼は、気まぐれな男ですから、いつ来るかわからないのです。一年ぐらい、ぜんぜん姿を見せない時もあるし、続けて、毎日くることもありました」

「どんな友達ですか?」

「学校友達です」

「貴方との仲は?」

「いい方でした。図々しいところがありましたが、憎めないところがあって。性格も、さっぱりしていました」

私は、佐々木のことを喋っているうちに、改めて、悲しみと犯人への憎しみが、湧き上がってくるのを感じた。

佐々木は、数少い私の友人の一人だった。酒好きで、ルーズなところがあって、いわゆる悪友だったが、それだけに、一番、気の許せた相手ともいえた。その佐々木は、いわば、私の身代りになって、死んだのである。もし、今日、彼が遊びに来なかったら、私は、明日、何の疑いもいだかずに、あの贈り物のウイスキーを飲んでいたことだろう。

私は、翌朝になって解放された。だが、警察が、まだ私を疑っているらしいことは、感じとることが出来た。

6

その日私は、会社を休んだ。

気持が落着かなかったし、いろいろと、いわれるのが嫌だったからである。

と、いって、佐々木の死んだ部屋にも、いられなかった。私は、近くの公園へ出かけた。

人気のないベンチに腰を下して、ゆっくり考えてみようと思ったからである。私は、人に恨みをうけるおぼえはない。だが、あのウイスキーは、明らかに、私を殺そうとして贈られてきたものである。

誰かが、私を殺したいと思っている。そう考えるより仕方がない。犯人は、新聞で、自分の企てが失敗したことを知るだろう。そうしたら、どうするだろうか。また、私を狙うかも知れない。

私は、思わず、ゾッとして、まわりを見廻した。殺されるのは、誰だって嫌だし、わけもわからずに殺されるのは、なお、かなわない。それは、防ぎようがないからだ。

(とにかく、誰が、自分を殺そうとしているのか、それを考え出すことだ)

と、私は思った。それがわからないのでは、対策の立てようがない。

まず、贈り物のウイスキーのことから考えてみた。綺麗な紙に包んであったが、郵便局の消印はなかった。恐らく、犯人が、じかに、郵便受に、投げ込んでいったものだろう。だから消印から、犯人の住んでいる場所を推測することは出来ない。

また、私のアパートには、表の入口の他に、裏に非常階段がある。犯人は、非常階段を利用したに決まっているから、管理人にきいても、犯人が、わかるとは、思えなかった。

私は、犯人を特定してみようと思った。出来ないことは、ない筈である。

犯人は、私の住所を知っていたと、考え、これが、犯人を特定できる材料になるだろうかと、思案したが、途中で、この考えが、無駄なことに気付いた。

私の名前も住所も、例の老婆を助けたことで、新聞に載っていたからである。犯人は、あの記事を見たのかも知れない。もし見たとすれば、犯人を、私の親しい人間に、特定することは、できなくなってくるからである。

(犯人は、私の誕生日を知っていた)

この方は、特定する材料になりそうである。新聞記事にも、私の誕生日は、出なかったから、知っている人間は、可成り限定される。

親しい人間でも、相手の誕生日までは、おぼえていないものである。それなのに、犯人は、私の誕生日を知っていて青酸入りのウイスキーを贈ってよこしたのだ。

私は、特に親しくしている人間の顔を、思い出してみた。

私の誕生日まで知っているような知人は、そう多くはない。せいぜい四、五人といったところだが、その一人一人の顔を思い出してみても、私を殺しそうな人間は、思い出せなかった。

(私の誕生日を、知る方法が、あるだろうか)

と考えてみる。もし、あるとすれば、犯人は、私の知人関係に、限定できなくなるのである。

（履歴書だ）

と、思った。会社の人事課には、社員全員の履歴書が保管してある筈である。私が働いている会社の名前も、老婆を助けたときに、新聞に出てしまったのだから、誰でも、私の誕生日を知ることは、可能な筈である。

私は、ベンチから立ち上がると、公園の出口のところにある公衆電話ボックスまで、歩いて行った。

会社へ電話をかけ、人事課を呼び出して貰った。出たのは、女の子だった。私は、所属の課と、自分の名前をいってから、最近、私の誕生日を知りたいという電話が、なかったかどうかを、きいてみた。

「ありました」

と、女の子は、電話口で、いった。どうやら、私の推測は、当たっていたらしい。

「相手は、男それとも女？」

「男でした。名前は、大久保といってましたけど」

「大久保？」

心当たりはない。犯人だとしたら、勿論、本名は使わない筈である。大久保という名前から、犯人を割り出すことは、出来ないと考えて、良さそうだった。

「お友達だと、おっしゃってましたけど、知らない方なんですか？」

女の子の声が、驚いたように、甲高くなった。

「まあね」

と、私は、あいまいに、いった。

「そのときの電話の様子を、詳しく知りたいんだが」

「何でも、誕生日に、素晴らしい贈り物をしたいから、教えてほしいっていう電話でした。本人にきくと、遠慮されると嫌だからって、いってましたけど」

「なるほどね」

私は、受話器を持ったまま苦笑させざるを得なかった。確かに素晴らしい贈り物だった。犯人が、私にきいたら、私は、ご遠慮申しあげただろう。あんな物を貰って、喜ぶ人間はいない。

「その時の男の声は、どんなだったか、おぼえているかな」

「低い声でしたけど、今になって考えると、何だか、無理に作っているような声でした」

「その電話があった日が、いつだったか、おぼえていないかな？」

ちょっと、無理な質問だろうかと、思ったが、女の子は、あっさりと、

「五月六日でした」

と、いった。

「月曜日ですわ」

「約一か月前だな。いやに、はっきりと、おぼえているんだね」

「あたしの誕生日だったんです。その日が」

と、彼女は、電話口で、くすくすと、笑った。

「自分の誕生日に、誕生日の問い合わせの電話があったんで、よく、おぼえているんです。五月六日に、間違いありませんわ」

私は、ありがとうといって、電話を切った。

これで、いくらか犯人の心当たりが、出来てきたわけである。

第一に、犯人が、男であることが、わかった。

第二に、犯人は、会社に電話して、私の誕生日を知った。

第三に、犯人が、電話したのは、五月六日の月曜日である。約一か月前だ。つまり、一か月前から、私を狙っていたことになる。

（執念深い男らしい）

と、私は思い、何となく、うそ寒いものを感じた。

7

私は、夕方になってから、アパートに戻った。

勿論、佐々木の死体は、もう片付けられているし、あのウイスキーも、警察に、運ばれてしまって、殺人を思い出させるようなものは、何一つ部屋には、残っていない。

しかし、ドアをあけて、部屋に入ると、やはり、いやな気持がした。

窓をあけて、路地を見下ろすと、夕闇が立ち込め始めた路地に、ふと、人の気配を感じた。錯覚ではない。

たしかに、人影が、建物のかげに、かくれたのである。

(犯人が、まだ、私を狙っているのか?)

と私は、恐怖に襲われて、あわてて、警察に電話をかけた。

電話に出たのは、昨日、私を訊問した刑事だった。

刑事は、私の喋るのを、黙って聞いていたが、いやに落着いた声で、

「大丈夫ですよ」

と、いった。

「しかし――」

「大丈夫です。貴方が見たのは、刑事です。犯人が、もう一度、貴方を狙うかも知れない。その恐れがあるので、アパートのまわりに刑事を張り込ませてあるのです」

「なるほど――」

私は、納得して、電話を切った。刑事のいうことは、本当だろう。さっき見たのは、刑事に違いない。しかし、私を守るつもりで、張り込んでいるの

か、私を、監視しているのかわからなかった。

警察は、まだ、私を疑っている筈だから、監視のために違いないと、私は思った。しかし、いずれにしろ、安心して眠れるのは、嬉しかった。刑事が張り込んでいれば、犯人も、私の命を狙うわけには、いかない筈である。

私は、部屋に戻ると、蒲団の上に横になった。だが、やはり、仲々、眠れるものではなかった。

命を狙われたことは、生まれて初めての経験だった。しかも、親しい友人が、私の身代りに殺されたのである。眠れといっても、眠れるものではなかった。

さまざまなことが、頭に浮かんでくる。しかし、最後は、誰が、私を殺そうとしたのかという疑問だけが、残った。

私は、もう一度、誰かに、恨まれていないだろうかと、考えてみた。

蒲団の上に起き上がり、知人の顔を一人一人思い浮かべてみた。机の中から、今までに貰った名刺や、手紙を取り出して、調べてもみた。昔、親しかったが、今は、そえんになっている人も何人かいた。その人たちについては、何故、親しさが消えたのかを、考えてみた。だが、憎まれるような心当たりは、思い浮かばなかった。どの人たちも、何ということもなく、そえんになっているのだ。別に、トラブルがあったわけではない。

名刺と手紙からは、手がかりはなかった。

私は、考えを変えるために、煙草に火をつけた。

知らないうちに、私は、誰かの恨みを買うようなことをしたのかも知れない。

例えば、道路を歩いていて、私が、何気なく、バナナの皮でも捨てたとする。ところが、私のあとから同じ道路を歩いてきた人間が、その皮に足をとられて、転んだ。コンクリートの固い道路だったために、その人間は、打ちどころが悪くて、死んでしまった。そんなことも、考えられなくはない。

死んだ人間の家族は、当然、私を恨むだろう。警察に、私を訴えても、過失致死にしかならないから、刑法三八条で、罪ヲ犯ス意ナキ行為ハ之ヲ罰セスということになる。それでは、がまんならないというので、自分の力で、私を罰しようと、決意したのかも知れない。

他にも、まだ考えられる。例えば、タクシーの奪い合いも、ある場合には、殺意を生むこともありうる。ある人間が乗ろうとして止めたタクシーに、私が、知らずに、乗り込んでしまったことが、あったとする。運転手は、客であればいいのだから、そのまま発車してしまう。ところが、取り残された人間は親が死にかけていて、駈けつけるところだったとしたら、どうだろうか。私のおかげで、親の死にめに会えなかったら、私を恨むだろう。もっと極端な場合には、取り残されたのが、持病の発作を起こしていた人間かも知れない。早く病院に行けば助かったが、私にタクシーを取られてしまったために、手おくれになったということも、考えられなくはない。そして、死んだ人間の家族が、私に、毒入りのウイスキーを贈る。

東京のような、人間の溢れている、複雑な都会に住んでいれば、いつ、どんなところで、知らないうちに、他人を傷つけているか、わからない。

私は、煙草を、何本も灰にしながら、あらゆる可能性を考えてみた。だが、どうしても、思い当たらないのだ。

私は、道路に、バナナの皮も、みかんの皮も捨てたことはない。

私は、ここ一年ばかり、タクシーに乗ったこともない。

通勤の電車の中で、人の足をけとばしたこともない。

(わからないいな)

と、呟いてから、今日、会社へ電話したときのことを思い出した。

人事課の女の子は、五月六日に、電話があったといった。このことに、何か意味があるのではあるまいか。

8

彼女は、その日が、自分の誕生日だったから、間違いないといった。この点は、信用していいだろう。女の子は、殊に、誕生日の贈り物を期待する年頃は、自分の誕生日を、間違えたりする筈はない。

五月六日。そして、月曜日だったと、女の子はいっていた。

私は、五月六日という月日より、月曜日ということで、あることを思い出した。

五月に入ってすぐの日曜日に、私は、釣りに行ったからである。私は、蒲団から立ち上がると、壁のカレンダーを、調べてみた。

五月五日(日)のところに、「ツリ」と書き込んであった。

間違いなかった。五月五日に、私は、釣りに行き、あの老婆を助けたのだ。そして、その翌日、犯人は、私の誕生日を調べるために、会社に電話をかけてきた。

翌日ということに、私は、こだわった。何か関係があるのだろうか。関係がありそうにも思えたが、理由がわからない。

私は、老婆を助けたのである。こわれかけた橋から、老婆を突き落とそうとしたのではなく、落ちかけたのを、助けあげたのである。人助けをしたのに、恨まれたのでは、立つ瀬がないし、そんなことが、ありうる筈がないではないか。

私は、この考えを、捨てようとした。どう考えても、今度の事件には、関係がないように思えたからである。だが、無関係だと考えても、心の何処かに、引っかかるものが、残ってしまう。五月六日（月）ということが、気になってならない。

次の日私は、自分を納得させるために、五月五日に、釣りに出かけた場所に、もう一度足を運んでみた。

ここ、二週間ばかり、雨がなかったせいか、あのときに比べて、水量も少く、流れも、ゆるやかになっていた。川幅もせまくなっている。

ウィークデイのせいか、人影は少かった。

私は、中洲のあるところまで、歩いて行った。橋は、あの時のままだった。修理はしなかったらしい。

私は、その橋を見ながら、五月五日のことを、思い出した。私が、中洲へ渡ろうかどうしようかと考えているときに、あの老婆が、この危い橋を、渡り出したのだ。危いなと思っているうちに、案の定、穴に足を突込んでしまった。私は、あわてて、老婆を助けあげたのだ。

（それから、どうしたのだろうか？）

中洲で、釣りをしていた人達が、集まってきたのだ。その中に老婆の息子もいた。釣竿を、片手に持っていたっけ。そして、私の顔を見ると、驚いた顔で、恐縮して、頭を下げた。

私は、何となく照れ臭くて、そのまま、帰ってしまったのだが、今になって考えてみると、あの出来事には、どことなく妙なところが、ありはしないだろうか。

あの日、田中トクという老婆は、息子と一緒に、此処《ここ》へ、遊びに来たのだ。なかなかの金持ちということだから、息子が車を運転して、来たのかも知れない。私は、川原に、車が何台も止まっていたのを思い出した。

息子にしてみれば、ちょっとした親孝行のつもりだったのだろう。

(しかし、それなら、どうして、あの息子は、母親を放り出して、一人で、中洲で、釣りをしていたのだろうか?)

釣りバカということも考えられたが、それだけでは、納得できないものがあった。釣りが好きなら、中洲に渡らずに、こちら側で、母親と一緒に、釣りを楽しむべきではなかろうか。そうしていれば、老婆が、危く、死にかけるということもなかったのだ。

(だが、あの男は、そうしなかった)

私は、自分の心の中で、新しい疑惑が、生まれてくるのを感じた。その疑惑が、正当であるかどうかを、調べるために、最初に、老婆を助けた場所に、行ってみる必要を、感じた。

環状七号線は、あの時と同じように、車の洪水だった。

私は、老婆を助けた場所に立ち、あの時のことを思い出した。車道に飛び出した老婆を、私は、夢中で助けた。そこまではいい。問題は、そのあとに、ありそうだった。

若い警官が、交番へ連れて行って、老婆の傷の手当てをした。それもいい。新聞記者が来て、写真をとり、それから、息子が、駈けつけてきたのだ。息子は、私に礼をいってから、母親を叱りつけたのだ。

「だから、いったでしょう」

と、息子は、いった。

「もう年なんだから、信号のないところで、道路をわたるようなことをしちゃいけないって。いいですか。年を考えてくださいよ」

間違いなく、こういったのだ。あの時は、しごく当たり前の言葉と受けとったのだが、今になって考えてみると、多少、おかしいところがないでもない。

息子は、母親のことが、心配だった。それなら、何故《なぜ》、自分が一緒に、ついて来てやらなかったのだろうか。その方が、くどくどといい聞かせるよりも、安全ではないか。

(それとも、あの時は、どうしても、母親と一緒に行ってやれない理由が、あの男に、あったのだろうか)

私は、それを調べてみたくなった。

私は、あの時、世話になった交番へ行ってみた。あの時の若い警官がいて、私をおぼえていてくれた。

「今日は、あの時のお婆さんのことではなくて、息子さんのことで、うかがったんです」

と、私は、いった。

「実は、お礼ということで、贈り物を頂いてしまいましてね。こちらでも、何か、お返しをしなくちゃならなくなって――」

「どんなことを、お知りになりたいんです?」

「結婚は、もう、していらっしゃるんでしょうね?」

「いや、まだのようですよ。確か、母親と、二人だけで、住んでいるようです」

「二人だけで?」

「ええ。もう結婚してもいい年でしょうが」

「どんな仕事をなさっているんでしょうか?」

「ええと――」

警官は、ちょっと考えてから、

「詳しいことは知りませんが、何処へも、勤めていないんじゃありませんか。ぶらぶらしているのを、時々、見かけますから。金のある人は、うらやましいですな。遊んでいても食べていけるんだから」

若い警官は、本当に、うらやまし気な顔をして見せた。

9

私は、警官から、田中トクの家をきいて、訪ねてみることにした。

警官は、金があるらしいといったが、確かに、大きな家であった。門構えも立派である。土地だけでも、時価で一千万以上はするだろう。

私は、一度、門の前に立ってから、思い直して、近くの煙草屋に、首を突っ込んだ。店番をしていたのは、ありがたいことに、口の軽そうな中年の女だった。

「あの家の息子さんのことで、ききたいんだが」

と、ピースを一箱買ってから、持ちかけると、案の定、べらべらと、喋ってくれた。

「あの人は、養子なんですよ」

「養子？」

これは、新しい発見であった。

「母親とは、あまり上手くいってないようだね？」

「あそこのお婆さんが、がんこですからねえ。それに、息子の方は息子で、だらしがない男ですからね。家の物を持ち出しちゃあ、それを売り飛ばして、バーやキャバレーの女に入れ上げてるそうですよ」

「家の品物を持ち出さなくたって、女遊びの金ぐらいあるんじゃないかな。金持ちだって話だから」

「そりゃあ、金は、ありますよ。貯金もあるし、株も持ってるそうですからね。それに、アパートも、二つばかり持ってるから、その部屋代だけだって、月に、二十万ぐらいは、入ってくるんじゃないんですか」

「それなら、何故？」

「だから、養子だって、いったじゃありませんか」

「成程ね」

私は、うなずいた。

「家も土地も、全て、母親の名義になっていて、一銭も、息子の自由にはならないということだね」

「そうですよ。がんこですからねえ。あそこのお婆さんは」

私は、ぼんやりしていたことが、急に、はっきり見えてきたような気がした。これで、何もかも、はっきりしたと思った。私を、青酸入りのウイスキーで殺そうとしたのは、あの息子に違いない。だが、証拠が、なかった。

私は、田中トクの家の前へ、もう一度、足を運んだ。邸の中は、ひっそりと、静まりかえっている。

私は、呼鈴を押そうとして、それを止《や》めて、裏へ廻ってみた。

高い土塀が、ぐるりと、邸を囲んでいる。中を覗くわけにもいかなかった。しかし、歩いているうちに、私は、裏木戸が、僅かに開いているのに気がついた。

私は、音のしないように、木戸をあけて、中へ入ってみた。

邸の中は、思った以上に、広かった。松や楓《かえで》の木があり、可成り大きな池も作られてあった。手入れの行き届いた芝生も、眼に入った。

その芝生の上に、あの老婆がいた。丁度、軒の下あたりに、椅子を持ち出して、腰を下している。眼を閉じているところを見ると、眠っているのかも知れない。

のどかな光景だなと、思った時、私は、妙なものを屋根の上に見た。

屋根の上に、太陽熱で、水を温める装置がのっかっている。かなり大きなものである。その黒い箱が、気のせいか、少しずつ、屋根をずり落ちてくるのである。支えが外れてしまったのか、誰かが外したのかわからないが、眼の錯覚ではなかった。

たしかに、少しずつ、ずり落ちているのである。

丁度、その下に、老婆が、椅子を持ち出して眠っている。このまま、箱が落ちたら、老婆は、ひとたまりもなく、あの世へ行ってしまうだろう。

そう考えた瞬間、私は、松のかげから、飛び出していた。三度目になると、もう、ひとりでに、足が動いてしまうらしい。私が、老婆の身体を突き飛ばすようにして、駈けぬけた瞬間、すさまじい音を立てて、箱が、落下した。今まで、老婆が腰を下していた椅子は、その下敷になって、ぺしゃんこになっていた。

私は、大きな溜息をついた。そのとき、私の背後で、

「畜生ッ」

という男のどなる声がした。

ふり向くと、老婆の息子が、鈍く光る猟銃を構えて、私をにらんでいた。

10

「やっぱり貴様だな」

と、息子は、いった。

「二度までも、俺の計画を邪魔しやがって。今度こそ、上手く、ばばあを、あの世へ送れると思った

ら、また貴様が、邪魔しやがった」

「だから、私を殺そうとしたのか？」

「そうさ。二度も、邪魔されれば、いい加減頭に来るからな。貴様に、死んで貰いたかったんだ。三度目も、何となく、貴様に邪魔されそうな気がしたんだ。そのためにも、死んで貰わなきゃならないと思ったんだ。案の定だった。やっぱり、三度目も、貴様が、邪魔しやがった」

「毒入りのウイスキーなんか、贈って来なければ、三度目は、成功していたのさ。自分で墓穴を掘ったんだ。ずい分、考えた計画だったろうに、お気の毒だな。一度目も、二度目も、君は母親のがんこさを利用して、完全犯罪を企んだ。年だから、車道をわたるなといえば、がんこで、あまのじゃくなところのある母親は、意地になって、危険な車道に飛び出すことを、君は計算していたんだ。二度目も同じさ。だが、失敗した。それだけなら、未遂ですむが、とうとう君は、人間を一人殺してしまった。私の友人をね」

「ふふふ」

と、相手は笑った。

「三度までは、失敗したさ。だが、四度目が残っていることを忘れてるな。今度こそ、貴様も、ばばあも、一緒に、あの世へ送ってやる」

「撃つつもりか？」

私は、顔が、こわばってくるのを感じながら、無理に笑って見せた。

「音がすれば、すぐ、人が駈けつけてくるぞ」

「ここでは、殺さねえ」と、息子は、いった。

「貴様と、ばばあを、何処か、深い山奥まで車で運んで行って、そこで死んで貰うのさ。ちょっとばかり、老けすぎてて気の毒だが、アベックで死ぬのも、悪くねえんじゃねえか」

息子は、傍にあった縄を放って、よこした。

「それで、まず、ばばあを縛るんだ」

「自分で縛ったら、どうなんだ？　君の母親だろう？」

「ぐずぐずするな」

相手は、銃口で、私を、小突いた。私は仕方なしに、縄を摑んだ。

「このバチ当たりめッ」と、老婆は、息子に向かって、ののしった。が、息子の方は、にやッと笑っただけである。

私は、なるたけ、ゆっくり、老婆を縛った。私が、縛っている間、老婆は、ののしり続けていたが、息子の方は、蛙の面に、何とかといった様子で、

「次は、貴様だ」と、先をうながした。

「自分の足を縛るんだ」

息子が、銃を構えたまま、どなった時である。

「銃をすてろッ」

という別の声が聞こえた。声と一緒に、ワイシャツ姿の男が、三人ばかり、息子を取り囲んだ。その中に、私を訊問した刑事の顔も見えた。

息子は、「くそッ」と、どなったが、刑事たちの手に光っている拳銃を見ると、猟銃を放り投げた。

私が、立ち上がると、刑事の一人が、にこりともしないで、

「困りますね」

と、私に、いった。

「犯人が、もう一度、貴方を狙うことは、わかっていた筈でしょう。それなのに、出歩かれてはね。この先の交番で、貴方のことが聞けたから良かったものの、そうでなければ、今頃は、あの世へ行っていたところですよ」

「しかし――」と、私も、一言、いわせて貰うことにした。

「私が、出歩いたおかげで、この婆さんの命が助かったんですよ。それに、私の友人を殺した犯人も見つかったんです。それは、認めて下さいよ」

　刑事は、だまって、老婆に眼を向けた。彼女は、もう一人の、刑事に、縄をといて貰って、やっと立ち上がったところだった。

「本当ですか、お婆さん？」

　と、刑事が、きいた。老婆は、ちらっと、私を見た。

「今日、助けて貰ったのは、本当ですよ」

　と、老婆は、いった。私は、微笑した。が、そのあとが、気にくわなかった。

「でも、前の時も、その前の時も、助けて貰ったなんて思ってませんよ。ちゃんと自分の力で、道路をわたれる筈だったし、あの橋だって、わたれたんですからね」

　なんとまあ、がんこな老婆だろうか。私に三度も助けられながら。いや四度もだ。

（人助けも、相手を見てやった方がいいかも知れない）

　私は、苦笑しながら、そんなことを考えていた。


（この作品集はフィクションであり、作品に登場する人物、団体名は実在するものと、まったく関係ありません）

初出

夜の狙撃　『小説の泉』（昭和39年7月号）
くたばれ草加次郎　『小説の泉』（昭和38年1月号）
目撃者を消せ　『読切特撰集』（昭和39年5月号）
うらなり出世譚　『大衆小説』（昭和40年1月号）
私は狙われている　『読切傑作集』（昭和38年12月号）
いかさま　『小説の泉』（昭和41年8月号）
雨の中に死ぬ　『読切雑誌』（昭和40年3月号）
死んで下さい　『大衆小説』（昭和40年4月号）

TOKYO
FUTABASHA
BOOKS

夜《よる》の狙撃《そげき》

平成十六年八月二十日第一刷発行

著者—西村《にしむら》京太郎《きょうたろう》

発行者—諸角　裕／発行所—㈱双葉社

〒一六二-八五四〇
東京都新宿区東五軒町三番二八号
電話・東京〇三—五二六一—四八一八(営業)
東京〇三—五二六一—四八四〇(編集)
振替・〇〇一八〇-六-一一七二九九

印刷—大日本印刷株式会社
製本—株式会社宮本製本所

●落丁本・乱丁本は本社にておとりかえいたします。
●定価はカバーに表示してあります。

ISBN4-575-00735-8　C0293
http://www.futabasha.co.jp
(双葉社のすべての書籍・コミックが買えます)

Kyotaro Nishimura Official Fanclub Information

会員特典≪年会費2200円≫

❶オリジナル会員証の発行
❷西村京太郎記念館の入場料半額
❸年2回の会報誌の発行(4・10月発行、情報満載です)
❹抽選・各種イベントへの参加(先生との楽しい企画考案中です)
❺新刊・記念館展示物変更等のハガキでのお知らせ(不定期)
❻他、追加予定!!

西村京太郎
ただ今随時会員募集中
ファンクラブ創立!!

十津川警部、湯河原に事件です

西村京太郎記念館
■お問い合わせ(記念館事務局)
☎0465・63・1599
■西村京太郎ホームページ
http://www.4.i-younet.ne.jp/~kyotaro/

入会のご案内

●郵便局に備え付けの郵便振替払込受領書にて、記入方法を参考にして年会費2200円を振込んで下さい
●受領証は保管して下さい
●会員の登録には振込みから約1ケ月ほどかかります
●特典等の発送は会員登録完了後になります

記入方法

1枚目は下記のとおりに口座番号、金額、加入者名を記入し、そして、払込人住所氏名欄に、ご自分の住所・氏名・電話番号を記入して下さい

郵便振替払込金受領証　窓口払込専用

口座番号	金額	加入者名	料金
00230-8-17343	2200	西村京太郎事務局	(消費税込み) 特殊取扱

2枚目は払込取扱票の通信欄に下記のように記入して下さい

通信欄
(1)氏名(フリガナ)
(2)郵便番号(7ケタ)※必ず7桁でご記入下さい
(3)住所(フリガナ)※必ず都道府県名からご記入下さい
(4)生年月日(19××年××月××日)
(5)年齢　(6)性別　(7)電話番号

※なお、申し込みは、郵便振替払込金受領書のみとします。メール、電話での受付けは一切致しません。

Kyotaro Nishimura Official Fanclub Information